Nickel und Horn

Zwei Detektive mit Durchblick

Florian Beckerhoff, 1976 in Zürich geboren, wuchs in Bonn auf und studierte Literaturwissenschaften in Berlin und Paris. Anschließend promovierte er an der Universität Hamburg. Sein erster Roman, »Frau Ella«, war ein großer Erfolg bei Kritikern und Lesern und wurde 2013 mit Matthias Schweighöfer verfilmt. »Nickel und Horn« ist sein Debüt als Kinderbuchautor. Florian Beckerhoff ist Vater von zwei Kindern und lebt mit seiner Familie in Berlin.

Barbara Scholz, 1969 in Herford geboren, machte zunächst eine Ausbildung zur Druckvorlagenherstellerin. Anschließend studierte sie in Münster Grafikdesign mit dem Schwerpunkt Illustration. Seit 1999 arbeitet sie erfolgreich als freie Illustratorin für verschiedene Verlage.

Mehr über unsere Bücher, Autoren und Illustratoren auf:
www.thienemann-esslinger.de

Florian Beckerhoff

Nickel und Horn

Zwei Detektive mit Durchblick

Mit Bildern von Barbara Scholz

Thienemann

Für Victor und Lea

1. Kapitel

Wer nicht schläft, der langweilt sich

»Du, Horn?«, sagte Nickel ganz leise, damit Schlappi, der Hund mit den Riesenschlappohren, bloß nichts davon mitbekam.

»Was denn?«, krächzte Horn von seiner Stange und schaute nach unten. Im Mondschein, der durchs Fenster fiel, sah er seine Meerschweinchenfreundin Nickel auf dem Boden hocken. Mit der rechten Kralle holte der Papagei seine dicke rote Hornbrille unter dem Flügel hervor, wischte einmal mit den Federn drüber und setzte sie sich dann auf den Schnabel. Jetzt sah er Nickel richtig scharf. Glücklich schien sie nicht zu sein.

»Was ist denn?«, fragte Horn.

»Nichts«, sagte Nickel.

»Wieso nichts?«

»Na, eben nichts.«

»Nichts?«

»Nichts. Nichtsnichts. Nichts los hier. Mir ist sooooo langweilig.«

»Ruhe da drüben«, knurrte Schlappi vom Bettvorleger.

Schlappi war der Hund von Herrn Locke, dem alten Detektiv, bei dem sie seit vielen Jahren wohnten. Seit Monaten schon stand Herr Locke nur noch auf, um sich in seinem groß karierten Hausmantel und Filzpantoffeln in den Ohrensessel zu setzen. Früher hatte er jeden Tag einen Fall gelöst, an manchen sogar zwei oder vier bis fünf und einmal sogar elf. Dabei hatten Nickel und Horn ihm immer wieder geholfen – Horn, weil er sich die Dinge aus der Luft angucken konnte, und Nickel, weil sie so gut schnupperte und hörte und außerdem durch die kleinsten Löcher passte. Die Zeiten waren vorbei. Seit Herr Locke neunzig Jahre alt geworden war und der Doktor ihm geraten hatte, sich etwas zu schonen, ging er nicht einmal mehr ans Telefon. Und Schlappi wachte penibel über diese Ruhe. Wie Hunde so sind, meinte er es etwas zu gut mit seinem Herrchen, fanden zumindest Nickel und Horn.

»Fauler Sack«, murrte Horn und meinte damit natürlich Schlappi und nicht Herrn Locke. Den alten Herrn liebten er und Nickel über alles. Schließlich hatte er sie damals aus dem Tierheim geholt. Er hatte dem weitsichtigen Meerschweinchen und dem kurzsichtigen Papagei auch ihre ersten Brillen gebastelt. Nur dieser Schlappi ging ihnen wirklich auf die Nerven. Das kleinste bisschen Durcheinander reichte aus, um ihn unglaublich aufzuregen, so sehr sorgte er sich um Herrn Locke und um seine eigene Ruhe. Der Postbote musste nur fragen, ob er ein Paket für die Nachbarn abgeben dürfe, schon bellte er wie blöde, was Herrn Locke wiederum gar nicht gefiel und Nickel und Horn in den Ohren dröhnte. Nicht auszuhalten war das!

»Ruhe«, knurrte Schlappi noch einmal. »Und zwar sofort.«

»Ist ja gut«, sagte Horn. »Verschlaf du nur dein Hundeleben.«

Dann flatterte Horn kurz mit den Flügeln und flog rüber auf die Fensterbank. Seine grünen Federn strahlten im Licht des Mondes und der Straßenlaterne. Die Bäckerstraße mit ihren eintönig grauen Häusern lag verlassen da. Hier war wirklich nichts los. Plötzlich hörte er einen Schrei und ein Plumpsgeräusch hinter sich. Schlappi grunzte wütend.

»Autschi«, piepste Nickel. Sie war beim Versuch, am Vorhang hochzuklettern, abgestürzt. »Mein armer Po.«

»Sag doch was«, schimpfte Horn leise

und flog runter, um Nickel mit seiner linken Kralle im Nacken zu packen und auf die Fensterbank zu holen. Da saßen sie dann und guckten raus.

»Tot-Hosistan ist dagegen richtig lebendig«, seufzte Nickel nach einer Weile.

»Was denn für eine Hose?«, fragte Horn.

»Tot-Hosistan, das ist da, wo immer nur tote Hose ist«, sagte Nickel. »Da ist nichts los. Ganz und gar überhaupt nichts, und trotzdem mehr als hier. Hier ist ja noch nicht mal nichts los!«

»Ja, ziemliche Flaute«, sagte Horn. »Captain Gurkennase hätte jetzt die Matrosen rudern lassen, um voranzukommen. Aber Diebe gibt es bestimmt trotzdem genug, da kannst du sicher sein. Die zeigen sich nur nicht. Herr Locke hat sie früher alle aufgespürt.«

»Weißt du noch, als wir mit ihm den Bananenräuber gefangen haben?«, fragte Nickel.

»Ja, das waren noch Zeiten«, sagte Horn wehmütig. »Heilige Kokosnuss! Wie ich den zur Strecke gebracht habe!«

»Ja, das waren noch Zeiten«, seufzte Nickel.

Dann nahm sie ihre Nickelbrille ab und rieb sie an dem kleinen Stückchen weißen Fell an ihrer Brust sauber – ansonsten war Nickels Fell karamellfarben. Ohne die Brille sah sie die Dinge in ihrer Nähe verschwommen.

»Hast du das gerade gesehen?«, fragte Horn plötzlich ganz aufgeregt.

»Was denn?«, fragte Nickel zurück und setzte schnell die Brille wieder auf.

»Da drüben! Da ist ein Mensch aus der Dachluke geklettert!«

Und wirklich! Auch Nickel sah jetzt den Schatten über die Dächer huschen.

»Herr Locke! Einbrecher!«, piepste sie ganz aufgeregt.

»Ruhe!«, knurrte Schlappi. »Absolute Ruhe jetzt! Sonst kommt ihr Vieraugen zurück ins Heim!« Nickel wollte widersprechen, aber dann hielt sie lieber doch den Mund.

Schlappi war zwar nicht mehr der Jüngste und tatsächlich extrem faul, aber mit ihm anlegen sollte man sich lieber nicht. Schrecklich laut bellen konnte er nämlich immer noch, und seine Sorge um Herrn Locke machte ihn manchmal unberechenbar. Seit der alte Detektiv fast nur noch schlief, spielte Schlappi sich als mürrischer Herr im Hause auf. Der gutmütige Herr Locke brachte es nicht übers Herz, ihn zurechtzuweisen, da Schlappi ihn ja nur beschützen wollte. Von Totenstille hatte der Doktor allerdings nichts gesagt.

Nickel und Horn blieben noch eine Weile auf der Fensterbank sitzen. Der Mensch auf dem Dach gegenüber war wie vom Erdboden verschluckt.

»Wir hätten die Verfolgung sofort aufnehmen müssen«, flüsterte Horn, plusterte sich auf und scharrte unruhig mit den Krallen. »So wie früher!«

»Mhm«, sagte Nickel. »Was könnte er da oben nur gemacht haben?«

Sie starrten weiter nach draußen in die Nacht, wo jetzt wieder überhaupt nichts los war, und gingen schließlich schlafen.

»Du, Horn?«, fragte Nickel nach kurzer Zeit leise aus ihrer Kiste.

»Was denn?«

»Meine Barthaare zittern.«

Da lächelte Horn zufrieden, denn das war schon so, so lange nicht vorgekommen. Wenn Nickels Barthaare zitterten, war früher immer etwas Spannendes passiert. Darauf würde Horn ein Holzbein verwetten, wenn er denn eines hätte wie der berüchtigte Pirat Captain Gurkennase, auf dessen Schiff Esperanza er früher gelebt hatte.

»Du, Horn?«, fragte Nickel noch einmal.

»Was denn?«, fragte Horn müde.

»Schlaf gut«, sagte sie.

»Du auch«, sagte er.

2. Kapitel

Eine Perle und ein Hund als Hase

»Guten Moooooooorgen!«

Frau Perles fröhlich flötende Stimme holte Nickel und Horn aus dem Tiefschlaf. Schlappi war sofort auf den Beinen, wedelte mit seinem Schwanz und streckte ihr sein silbernes Halsband entgegen. Er musste offenbar dringend aufs Klo. Die moppelige Frau Perle kümmerte sich schon seit vielen Jahren um Herrn Lockes Haushalt. Sie kochte, putzte und machte die Wäsche, und seit Herr Locke die Wohnung nicht mehr verließ, führte sie auch Schlappi aus. Heute trug sie eine himmelblaue Jacke mit rotem Fellkragen.

»Na komm, mein kleiner Hase«, sagte sie, legte ihm die Leine an und war schon wieder weg.

»Puh«, sagte Nickel und drehte sich in ihrer Kiste noch einmal auf die andere Seite. »Endlich wieder Ruhe.«

»So ein Schleimer«, sagte Horn.

»Sie hat ihn Hase genannt«, kicherte Nickel, und auch Horn musste plötzlich lachen.

»Mein kleiner Hase«, flötete er wie Frau Perle.

Nickel konnte gar nicht aufhören zu kichern, so lustig fand sie das.

»Schlappöhrchen!«, trällerte Horn.

Plötzlich hustete Herr Locke, und sie verstummten schnell, bis sie begriffen, dass auch er lachte.

»Komm Gassigehen, Hasihäschen!«, sang Horn da weiter, und sie lachten alle drei, bis ihnen die Tränen die Wangen runterliefen.

Dann sprang Nickel aus ihrer Kiste und sauste neben das Bett von Herrn Locke. Horn spreizte seine Flügel und gesellte sich zu ihnen. Sie berichteten dem Detektiv, was in der Nacht geschehen war.

»Nun«, sagte Herr Locke und fuhr sich mit der Hand durch seinen wirren grauen Lockenkopf. »Noch haben wir aber keinen Fall, oder? Schließlich ist es ja nicht verboten, nachts auf Dächern rumzulaufen.«

»Aber verdächtig!«, rief Nickel aufgeregt.

»Ach, wisst ihr«, flüsterte Herr Locke, »selbst wenn ich sicher wäre, dass etwas passiert ist, würde ich doch nur die Polizei anrufen. Ich bin zu müde und zu schwach für einen Detektiv. Und für euch beide allein ist es draußen viel zu gefährlich.«

Er schloss die Augen und schlief wieder ein. Dabei lächelte er, bestimmt, weil er sich daran erinnerte, wie sie vorhin gelacht hatten.

Kurz darauf klackte Frau Perles Schlüssel in der Tür und Schlappis aufgeregtes Schnüffeln war nicht zu überhören. Flink eilten Nickel und Horn zurück auf ihre Plätze und stellten sich schlafend.

Nachdem Frau Perle ihnen frisches Wasser und Futter gegeben hatte, weckte sie Herrn Locke und führte ihn zu seinem Ohrensessel. Dann zog sie ihre pinkfarbene Schürze an und verschwand in der Küche. Nickel und Horn taten so, als wachten sie gerade erst auf, und widmeten sich ihrem Frühstück. Wenig später füllte der Geruch von Gemüsesuppe die ganze Wohnung.

»Armer Herr Locke«, seufzte Nickel. »Gekochtes Gemüse!«

»Menschen mögen das«, sagte Horn. »Einfach unglaublich!«

»Kein Wunder, dass er immer müde ist«, sagte Nickel. »Meine Großmutter in Italien ist mit Rohkost elf Jahre alt geworden.«

»Meine Urgroßmutter im Amazonasdelta wurde einhundertundelf Jahre! Sie aß ausschließlich Müsli ohne Milch und ohne Zucker.«

Schlappi knurrte schon wieder und hätte sie sicher erneut zur Ruhe ermahnt, wenn es da nicht plötzlich an der Tür geklingelt hätte. RRRRRRIIIING!, schepperte es. Erschrocken fuhren sie zusammen. Dieses Geräusch hatten sie lange nicht mehr gehört.

Frau Perle eilte aus der Küche herbei und öffnete. Vor der Tür stand ein kleiner Junge mit verwuschelten braunen Haaren, vielleicht sechs oder sieben Jahre alt.

»Ja, bitte?«, fragte Frau Perle.

Schlappi knurrte richtig böse.

»Ich heiße Paul. Wohnt hier denn nicht der große Detektiv Herr Locke?«, fragte der Junge schüchtern.

»Herr Locke ist kein Detektiv mehr«, sagte Frau Perle. »Er ist alt und im verdienten Ruhestand.«

»A-a-aber«, stammelte Paul mit Tränen in den Augen. »Aber er muss mir helfen, bitte!«

Schlappi knurrte immer lauter.

»Das tut mir leid«, sagte Frau Perle.

»Ich wohne gegenüber unterm Dach«, erklärte Paul. »Und letzte Nacht wurde mein Pupsetier geklaut!«

»Was?«, piepste Nickel, die aufmerksam lauschte.

»Wie bitte?«, fragte Frau Perle.

»Das hinterafrikanische Pupsetier«, sagte Paul. »Mein Großonkel, der Zoologe Professor Doktor Doktor Grimmig hat es mir gegeben, damit ich drauf aufpasse, während er durch Ost-West-Russland reist. Und jetzt ist es weg. Es ist so klein und so lieb! Und ohne seine Spezialbohnen kann es nicht überleben.«

Plötzlich fing Paul richtig an zu weinen, und Frau Perle wollte ihm einen Saft anbieten, aber Schlappi sprang auf und versperrte den Weg in die Küche.

»Ich glaube, wir können dir leider wirklich nicht helfen«, sagte Frau Perle. »Vielleicht gehst du besser zur Polizei.«

»Mhm«, sagte Paul und wich ängstlich vor Schlappi zurück. »Da war ich schon, aber die haben zu viel zu tun.«

Schlappi bellte jetzt wütend, und das war Horn dann doch zu viel. Er schlug ein paarmal schnell mit den Flügeln, flog durch den Raum und setzte sich neben Frau Perle und Paul auf den Kleiderständer.

»Glasklare Sache«, krächzte er. »Wir kümmern uns drum.«

Frau Perle musste Schlappi festhalten, damit er sich nicht auf Horn stürzte. Paul lächelte unsicher, aber er freute sich, dass dieser Papagei ihm helfen wollte.

3. Kapitel

Mit Ach und Krach aufs Dach

Schlappi war sich seiner Sache sicher: heute durfte er auf keinen Fall einschlafen. Auch nicht, wenn es draußen schon lange dunkel war. Nickel und Horn, das stand für ihn fest, waren kleine Unruhegeister, auf die er aufpassen musste, damit sie Herrn Locke bloß nicht störten. Ganz sicher durften die nicht aus der Wohnung, um sich um verschwundene Pupsetiere zu kümmern!

Immer wieder tappte Schlappi durch das Zimmer, vom flauschigen Bettvorleger zum Fenster und zurück. Seine Augen fielen schon zu, so müde war er. Nickel und Horn gaben keinen Mucks von sich. Sie taten, als schliefen sie tief und fest. Nur Schlappis Tappen, das Ticken der Uhr und Herrn Lockes Schnarchen war zu hören.

»Denkt bloß nicht, dass ihr mich täuschen könnt«, knurrte Schlappi.

Nickel und Horn rührten sich nicht.

»Höchst verdächtig!«, grummelte der Hund. »So früh habt ihr zwei Vieraugen noch nie geschlafen.«

Nickel seufzte und schmatzte, als träume sie von einem besonders leckeren Salatblatt. Horn saß wie erstarrt auf seiner Stange, obwohl es ihn gerade sehr unangenehm unter dem linken Flügel juckte. Durch seine Wimpernfedern hindurch beobachtete er Schlappi, der eine letzte Runde durch die Wohnung machte, bevor er sich endlich auf den Bettvorleger fallen ließ. Kurz darauf hörte man sein Schnarchen. Endlich!

Vorsichtig holte Horn seine Brille unter dem Flügel hervor, kratzte sich kurz mit dem Bügel und setzte sie sich dann auf den Schnabel. Schlappi hatte sich seine Schlappohren quer über den Kopf gelegt, sodass sie weit offen standen. Auch im Schlaf blieb er wachsam. Sie mussten wirklich leise sein.

Vorsichtig spreizte Horn seine Flügel. Dann hüpfte er von der Stange und glitt ohne einen einzigen Flügelschlag bis zu Nickels Kiste, wo er sanft auf dem dunkelgrünen Teppich landete. Nickels Schlafkiste war allerdings leer.

»Nickel?«, flüsterte Horn. »Wo steckst du?«

»Hier«, hörte er sie von hinter der Kiste.

»Warum versteckst du dich?«

»Ich ... ich weiß nicht. Es ist nur so, so, so aufregend. Wenn uns Schlappi bloß nicht entdeckt!«

»Hast du barthaarzitternde Angst?«

»Ein bisschen.«

»Ich bin doch bei dir. Und wir sind Detektive, schon vergessen?«

»Ja, klar«, piepste sie und kam hervor. »Ich bin ja auch bereit. Wir müssen diesem Jungen helfen.«

Nickel hatte Angst, weil es für ein Meerschweinchen natürlich etwas ganz anderes ist, aus einer Wohnung im vierten Stock zu türmen, als für einen Papagei. Tapfer biss sie die Zähne zusammen, damit sie nicht so laut klapperten, und folgte Horn ins Badezimmer.

Das Fenster stand immer auf Kipp. Horn packte Nickel und flog mit ihr hoch zur Öffnung, wo er sie erst einmal absetzte. Ängstlich klammerte sie sich an den hölzernen Fensterrahmen. Zusammen passten sie nicht durch den Spalt. Horn zwängte sich zuerst hindurch und wartete draußen auf der Fensterbank.

»Jetzt du!«, flüsterte er. »Ich fang dich auf!«

Mit zitternden Pfoten überprüfte Nickel, ob ihre Brille fest hinter den Ohren saß.

»Ich komme!«, rief sie dann und rutschte auf ihrem Po die Scheibe hinunter. Erst langsam, dann plötzlich so schnell, dass sie einfach an Horn vorbeischoss.

»Hiiiiiiilfe!«, schrie sie. »Hiiiiiiilfe!«

Sofort stürzte Horn ihr mit angelegten Flügeln hinterher. Die Straße kam immer näher und näher. Nickel kniff die Augen zusammen. Gleich würde sie aufprallen und Herrn Locke nie wiedersehen, dachte sie, als sie spürte, wie ihr linkes Hinterbein gepackt wurde. Ziemlich genau auf Höhe der Straßenlaterne bekam Horn sie zu fassen und spreizte sofort die Flügel, um den Sturzflug abzufangen. Unsanft landeten sie in einer Hecke.

»Alles klar?«, fragte Horn leicht benommen.

»Ich sehe nichts«, sagte Nickel.

»Ich auch nicht, verflixt«, sagte Horn. »Vermute, wir haben unsere Brillen verloren.«

»Mhm«, meinte Nickel. »Dann müssten wir aber verschwommen sehen und nicht nichts.«

»Gut kombiniert. Glasklare Sache«, sagte Horn, der jetzt deutlich seine Brille auf dem Schnabel spürte. »Die Brille ist da.«

»Wir müssen raus aus dieser Hecke«, sagte Nickel. »Hier ist es völlig dunkel.«

Mit einiger Mühe gelang es ihnen, sich zwischen den Ästen hindurch nach oben ins Licht der Straßenlaterne zu wühlen. Erleichtert schnauften sie kurz durch.

»Weiter geht's«, sagte Horn dann. »Schlappi schläft sicher nicht die ganze Nacht. Komm schon, steig auf.«

Horn legte sich so auf einen Ast, dass Nickel mühelos auf seinen Rücken klettern konnte.

»Könntest du mich nicht lieber in die Kralle nehmen?«, fragte sie.

»Papperlapapp«, sagte er. »Dir passiert schon nichts.«

Nickel gab sich einen Ruck und wühlte sich mit den Vorderpfoten in Horns Nackenfedern, bis sie genug Halt fand. Der Papagei rannte los und sprang von der Hecke. Dann flog er in großen Kreisen immer höher, von Stockwerk zu Stockwerk, bis sie auf Höhe des Daches angelangt waren. Er landete gleich neben dem verrußten Schornstein des Hauses gegenüber. Von hier aus blickte man weit über die Stadt. Überall brannten noch Lichter. Genau hier hatten sie die Gestalt in der Nacht zuvor gesehen. Das einzige Problem war, dass sich in dem Dach zwei Fenster befanden. Woher sollten sie wissen, welches zu Pauls Zimmer gehörte?

»Verrotzter Möwenmist!«, schimpfte Horn. »Und was nun?«

»Deine Piratenflüche bringen uns nicht weiter«, sagte Nickel. »Wir müssen in Ruhe kombinieren.«

4. Kapitel

Fensterwahl und Nachbarqual

Geräuschlos pirschte sich Nickel über die wackeligen Dachziegel an die beiden Fenster heran. Sie konnte jedoch keinerlei Hinweis darauf finden, in welchem Zimmer Paul wohnte. Schnuppern half auch nicht, denn beide Fenster waren dicht verschlossen. Dann spitzte sie die Ohren, hörte aber nur das Rauschen der Stadt und Schlappis Schnarchen von gegenüber. Schließlich krabbelte sie zurück zu Horn, der am Schornstein wartete und einfach an beide Fenster klopfen wollte. Genau das hatte Nickel vermeiden wollen.

»Na, siehst du«, sagte Horn. »Wir müssen einfach unser Glück versuchen.«

»Wir können doch nicht mitten in der Nacht an irgendein Fenster klopfen«, zischte Nickel.

»Wirst schon sehen, was wir können«, sagte Horn und legte die kurze Entfernung zum linken Fenster zu Fuß zurück. »Wer sollte uns daran hindern?«

»Nicht ...«, wollte Nickel ihn aufhalten, doch es war schon zu spät.

POCK, POCK, POCK!, klopfte Horn gleich dreimal mit dem Schnabel gegen das Glas. »Aufwachen, Paul! Wir sind's!«

Tatsächlich ging sofort das Licht in dem Zimmer an, und Nickel machte sich auf den Weg zu Horn, der sie triumphierend ansah. Kurz darauf erschien ein riesiger Schatten am Fenster. Nickel hielt irritiert inne.

»Du, Horn«, piepste sie. »Hinter dir ...«

»Was denn?«, fragte Horn, der sich gerade nach Nickel umsah.

»Ich glaube, wir sollten mal lieber schnell verschwinden.«

Flugs versteckte Nickel sich hinter dem Schornstein – Paul

hatte sich in ein ziemlich unheimliches Monster verwandelt. Als Horn sich endlich wieder dem Fenster zuwandte und den riesigen Schatten sah, sprang er schnell zurück und folgte Nickel hastig flatternd ins Versteck. Dieser Mensch, der jetzt das Fenster aufriss, das war bestimmt nicht Paul!

»WER MACHT HIER MITTEN IN DER NACHT SO EINEN KRACH?«, brüllte ein ziemlich dicker Mann mit Glatze so laut, dass sie sich erschrocken die Ohren zuhielten.

Er lehnte mit seinen haarigen Pranken auf dem Fensterrahmen und starrte raus aufs Dach. Nickel zitterte vor Angst. Horn legte ihr einen Flügel um die Schulter.

»Keine Angst«, flüsterte er. »Zur Not können wir ja wegfliegen.«

So weit kam es jedoch nicht. Der dicke Mann konnte Nickel und Horn nämlich gar nicht sehen, weil er aus dem Hellen ins Dunkle guckte. Als Nickel das begriff, beruhigte sie sich wieder. Still blieben sie hinter dem Schornstein hocken, bis er sich ausgeschimpft hatte und das Fenster schloss. Kurz darauf ging das Licht aus, und Horn wollte gleich los zum anderen Fenster.

»Noch nicht«, sagte Nickel. »Vielleicht ist das ein Trick und er beobachtet das Dach aus dem dunklen Zimmer heraus. Lass uns lieber noch etwas warten.«

Widerwillig zähmte Horn seinen Tatendrang. Er gab nur

nach, weil sein erster Klopfversuch danebengegangen war. Noch immer klingelten ihm die Ohren. Hinter diesem Schornstein zu warten, fand er aber genauso langweilig wie das Herumsitzen in Herrn Lockes Wohnung. Er war einfach sehr gerne in Bewegung.

»Jetzt steh doch mal still«, flüsterte Nickel fasziniert vom Anblick der nächtlichen Stadt. So viele Lichter, obwohl doch eigentlich alle längst schlafen sollten!

»Ich bin doch still«, sagte Horn. »Wie versteinert. Eine Statue.«

»Psst!«, zischte sie. Mit ihren superguten Meerschweinchenohren hörte sie nämlich gerade etwas ganz anderes. »Ich fürchte, Schlappi ist aufgewacht.«

»Na dann, spring auf«, seufzte Horn und legte sich flach auf den Bauch, damit Nickel auf seinen Rücken klettern konnte. »Mit diesem Hund kann man wirklich nicht arbeiten.« Horn kam auf die Beine, trippelte los und sprang mit Schwung von der Dachrinne. Er steuerte direkt auf die Hauswand zu, ohne merklich langsamer zu werden.

»Festhalten!«, rief er überflüssigerweise, weil Nickel sich natürlich längst mit allen vier Pfoten an ihn klammerte.

Erst kurz bevor sie gegen die Wand knallten, riss Horn den Kopf hoch, sodass sie direkt an der Wand entlang aufstiegen und ohne Zwischenstopp durch das gekippte Badezimmerfenster schossen. Nickel spürte, wie ihre Rückenhaare den Fensterrahmen streiften.

Im Badezimmer verlor Horn leider doch noch die Kontrolle. Zum Glück trudelten sie in den Duschvorhang mit den gelben Blümchen und landeten schließlich in der Wanne, und zwar gerade noch im rechten Augenblick.

»Nachts wird geschlafen und nicht im Bad gespielt«, knurrte Schlappi hinter der Badezimmertür.

»Was denn bitte gespielt?«, krächzte Horn und flog hoch auf den Wannenrand. »Wir haben drüben ...«

»... Durst«, fiel Nickel ihm ins Wort, die noch unten in der Wanne hockte.

Horn begriff, dass er sie um ein Haar verraten hätte.

»Heilige Kokosnuss, ja, wir haben für dich eine Wurst!«, rief er.

»Nicht Wurst! Wir wollten etwas trinken!«, flüsterte Nickel.

»Oh ja!«, rief Horn, der sich vor Aufregung schon wieder verhörte. »Würste, die herrlich stinken! Ganz nach deinem Geschmack!«

»Bitte, Horn, hör zu!«, zischte Nickel. »Wir hatten Durst und wollten ihn und Herrn Locke nicht stören. Deswegen sind wir im Bad. Sag ihm das und dann hol mich hier endlich raus!«

»Ach so! Genau! Jawoll! Wir hatten wirklich einen dürrestarken wurstig stinkenden Durst!«, sagte Horn endlich und angelte Nickel aus der Wanne.

Als sie schließlich aus dem Bad traten, guckten sie so unschuldig wie möglich.

Schlappi musterte sie skeptisch, weil er sich nicht vorstellen konnte, wie sie es geschafft haben könnten, den Wasserhahn aufzudrehen, und was diese Sache mit der Wurst bedeuten sollte. Alles sehr merkwürdig und verdächtig.

»Jetzt ist dann aber Ruhe«, knurrte er. »Und morgen trinkt gefälligst vor dem Schlafengehen, ihr Vieraugen.«

»Selbstverständlich«, sagte Nickel und huschte in ihre Kiste.

»Glasklare Sache«, sagte Horn. »Kommt sicher nicht mehr vor.«

Zurück auf ihren Plätzen schlossen sie die Augen und hofften, Schlappi gleich wieder schnarchen zu hören. Aber der Hund war viel zu aufgeregt. Die restliche Nacht lief er in der Wohnung herum. Keine Chance, noch einmal zu entkommen, und so nervig wie Schlappi hechelte, war auch an Schlaf nicht zu denken.

5. Kapitel

Petzen haben lange Ohren

Horn war so unglaublich müde, dass er um ein Haar zum allerersten Mal in seinem Papageienleben von der Stange gefallen wäre. Im Schlaf konnte das nicht passieren, weil sein Körper da von ganz alleine das Gleichgewicht hielt, aber zum Schlafen kam er einfach nicht. Schlappi gab auch am Morgen keine Ruhe, weil er natürlich gleich Herrn Locke alles petzen wollte. Wie sollte man da einschlafen, selbst wenn man wie Horn viele Jahre auf einem Piratenschiff zur See gefahren war? Kanonendonner war nichts gegen dieses nervöse Hundegehechel!

Dann kam endlich Frau Perle. Heute trug sie einen Mantel in glänzendem Pink und sah aus wie ein riesiges Bonbon. Kaum war sie mit Schlappi durch die Tür nach draußen verschwunden, nickte Horn ein, und auch Nickel atmete erst jetzt halbwegs ruhig. Herr Locke schnarchte immer noch. Die Ruhe hielt aber nicht lange.

»Guten Mooooooorgen!«, flötete es kurz darauf schon wieder durch die Wohnung. Und es kam noch schlimmer:

»Also, Herr Locke, Ihr Hasihund ist heute ja ganz durcheinander«, krähte Frau Perle. »Was ist denn nur passiert? Haben die beiden Querulanten wieder Quatsch gemacht?« Sie wies mit der Hand in Richtung von Nickel und Horn, und Schlappi begann, wie verrückt zu bellen.

»Vielleicht sind es ja doch zu viele Tiere für diese kleine Wohnung. So kann das nicht weitergehen! In Ihrem Alter noch ein Meerschweinchen und einen Papagei!«

Schlappi rieb sich an ihren dicken Waden und schmachtete sie mit seinen Hundeaugen an. Nickel beobachtete alles durch ein Guckloch in ihrer Kiste. Das hätte Schlappi wohl gerne, dass Herr Locke sie zurück ins Heim brachte! Aber das würde er niemals tun, zumindest nicht, wenn sie keinen allzu großen Unsinn machten. Genau das war allerdings das Problem, weil Schlappi jetzt wild jaulend mit Frau Perle ins Bad stürmte, wo sie natürlich eine grüne Feder in der Wanne fand.

»Der Vogel war wieder im Bad!«, rief sie, als sei das ein Verbrechen. »Wie unhygienisch! Nein, so geht das nicht weiter!«

Nickel und Horn stellten sich schlafend. Was blieb ihnen auch anderes übrig? Der Anfang ihrer ersten eigenen Ermittlung war offensichtlich schiefgegangen.

Als Frau Perle Schlappi am Nachmittag wieder mit nach draußen nahm, wussten Nickel und Horn, dass die Stunde der Wahrheit gekommen war.

»Kommt her«, hörten sie Herrn Lockes Stimme, kaum war Frau Perles »Komm-mein-süßer-Hasihund-na-komm-schon-Gassigehen« im Treppenhaus verklungen. Sie gehorchten sofort. Horn packte Nickel im Nacken, flatterte los und setzte sie auf dem alten Holztischchen neben dem Ohrensessel ab.

»Was würdet ihr denn davon halten, wenn ich Frau Perle bitte, das Badezimmerfenster zu schließen?«, fragte Herr Locke.

»Gar nichts!«, krächzte Horn sofort. »Ganz und gar überhaupt nichts. Ich bin mein Leben lang zur See gefahren! Wie soll ich da denn völlig ohne frische Brise leben?«

»Und du, Nickel, bist du auf einmal auch so frischluftbegeis-

tert?«, fragte Herr Locke schmunzelnd, da er wusste, dass sie es lieber warm als luftig mochte. »Oder wollt ihr mir vielleicht etwas erzählen?«

»Wir hatten Durst!«, rief Horn. Als Nickel ihn streng ansah, ergänzte er:

»Das haben wir zumindest Schlappi erzählt, damit er sich nicht aufregt.«

»Der Erfolg des Manövers hält sich in Grenzen, würde ich sagen«, entgegnete Herr Locke.

»Ja, dieser Hund ist eine Plage!«, rief Horn. »Ihn sollten Sie ins Tierheim bringen und nicht uns.«

»Niemand soll ins Tierheim«, sagte Herr Locke streng. »Ihr habt alle für mich gearbeitet, also bleibt ihr auch alle bei mir, nur dürft ihr euch nicht streiten. Schlappi ist ein alter Hund, der sich etwas Ruhe verdient hat.«

»Aber dieser Junge braucht doch unsere Hilfe!«, sagte Nickel.

Da seufzte Herr Locke und sah die beiden mit einer Mischung aus Verzweiflung und Stolz an. Stolz war er, weil sie so mutig auf eigene Faust etwas unternahmen, verzweifelt, weil er ihnen das unmöglich erlauben konnte.

»Die Welt da draußen ist gefährlich«, sagte er. »Viel zu gefährlich für euch allein.«

»Aber er braucht unsere Hilfe!«, krächze Horn.

»Ich will nichts davon hören«, sagte Herr Locke.

Da vernahmen sie auch schon Frau Perles Schritte im Flur und mussten schnell zurück auf ihre Plätze. Solange es nichts Wichtigeres zu tun gab, konnten sie den Schlaf der Nacht nachholen.

Als Schlappi am Abend endlich schlief, waren Nickel und

Horn wieder hellwach. Sie hielten Kriegsrat auf der Fensterbank.

»Wir müssen wirklich leise sein«, flüsterte Horn.

»Du willst doch nicht etwa weitermachen?«, fragte Nickel.

»Aber natürlich! Er hat doch nur gesagt, dass er nichts davon hören will! Das heißt, dass wir Paul natürlich helfen sollen, sonst müsste er sich ja nicht darum sorgen, dass er etwas davon hören könnte.«

Nickel war sich da nicht so sicher wie Horn. Herr Locke sorgte sich ehrlich um sie, und Nickel wollte ihn nicht enttäuschen oder ihm sogar Kummer bereiten. Und was sollten ein Meerschweinchen und ein Papagei auf der Jagd nach einem gerissenen Tierräuber schon ausrichten können? Am Ende würden sie selbst noch entführt!

»Da«, zischte Horn plötzlich aufgeregt. »Im rechten Fenster brennt Licht. Das müssen wir uns ansehen.«

»Nein ...«, sagte Nickel, doch da hatte Horn ihr schon den Flügel entgegengestreckt, damit sie ganz bequem aufsteigen konnte.

»Fertig zum Ablegen!«, flüsterte er.

Ängstlich sah Nickel sich um. Schlappi schien nach der Aufregung des Tages und der letzten Nacht wirklich tief und fest zu schlafen. Und natürlich wollte auch sie Paul nicht im Stich lassen.

»Na gut«, piepste Nickel. »Diesmal aber bitte ohne Bruchlandung.«

6. Kapitel

Ein bisschen Zoff und ein Stück Stoff

Dieses Mal kamen Nickel und Horn sehr viel leichter durchs Badezimmerfenster und über die Straße. Hell leuchtete der Vollmond am Himmel, die alte Eiche gegenüber warf gespenstische Schatten, die wie Klauen aussahen, doch die zwei Abenteurer ließen sich nicht abschrecken. Sie hatten schließlich einen Auftrag. Nickel fürchtete vor allem den lauten Mann und bat Horn, bloß nicht an dessen Fenster vorbeizufliegen. Schließlich konnte man nicht wissen, ob der nicht immer noch das Dach beobachtete.

Als sie in unmittelbarer Nähe des erleuchteten Fensters gelandet waren, wollte Nickel mit ihren weichen Pfoten klopfen. Der Mann von nebenan sollte bloß nichts hören! Vorsichtig spähte sie über die Fensterbank, sah aber nur zugezogene Vorhänge mit lustigen bunten Tieren darauf.

»Das sieht doch sehr nach einem Kinderzimmer aus«, flüsterte Nickel.

»Wieso das?«, fragte Horn, der sich an die unerfreulich laute Begegnung der vergangenen Nacht erinnerte.

»Die Vorhänge«, erklärte Nickel.

»Herr Locke hat auch Vorhänge.«

»Aber doch keine mit bunten Tieren! So etwas haben bei den Menschen nur Kinder. Das Mädchen, dem man mich damals zu Weihnachten geschenkt hat, hatte auch so bunte Vorhänge mit Tieren, obwohl sie gar keine Tiere mochte. Wenn ihr Vater sich nicht um mich gekümmert hätte, wäre ich heute nicht hier.«

»Wollen wir jetzt noch ein bisschen von früher schnacken, oder haben wir einen Auftrag?«, fragte Horn genervt. Er ärgerte sich, weil er darauf nicht selbst gekommen war. Nickel hob ihre rechte Vorderpfote und klopfte vorsichtig an das Glas.

»Ich hör nichts«, zischte Horn.

»Du hast auch keine Ohren«, sagte Nickel.

»Ich höre exzellent auch ohne eure säugetierischen Riesenlappen am Kopf!«, entgegnete Horn beleidigt. »Aber ein Mensch hört selbst mit Riesensegelohren sicher nichts, wenn du das Fenster streichelst. Das hört noch nicht einmal ein Elefant!«

Nickel sah ängstlich zum anderen Dachfenster, hinter dem sich nichts regte. Noch einmal hob sie die Pfote und kratzte vorsichtig mit den Krallen über die Scheibe. Es dauerte nur einen Augenblick, dann erschien ein Schatten hinter dem Vorhang, der gleich darauf zur Seite gezogen wurde. Diesmal hatten sie das richtige Fenster erwischt, denn vor ihnen stand Paul in einem blau-weiß gestreiften Schlafanzug und lächelte, als er sie auf dem Sims entdeckte. Vorsichtig öffnete er das Fenster.

»Hallo«, flüsterte er. »Ich dachte mir schon, dass Herr Grobian gestern wegen euch so rumgeschrien hat, und bin deshalb heute wach geblieben.«

»Wer hat geschrien?«, fragte Horn.

»Herr Grobian«, antwortete Nickel. »So heißt sicher der Mann von nebenan.«

»Ja«, sagte Paul. »Aber jetzt kommt schnell rein, bevor er wieder aufwacht.«

Paul kannte sich offenbar aus mit Tieren, denn er bot Nickel sofort seine flache Hand, um sie hineinzuheben. Horn folgte im Flug und drehte erst einmal ein paar Runden durchs Zimmer. Da standen ein sehr aufgeräumter Schreibtisch und ein Bett, neben dem Horn eine offene Holzkiste mit einer vollen Wasserschüssel und einem fast unberührten Fressnapf entdeckte. Horn landete gleich neben dem Wasser und kostete.

»Nicht mehr ganz frisch«, sagte er. »Etwa drei Tage, würde ich sagen. Vermute, das ist die Kiste des entführten Tieres.«

»Ja«, sagte Paul traurig. »Da hat das Pupsetier gewohnt.«

»Hat es denn keinen richtigen Namen?«, fragte Nickel, von Paul mittlerweile auf dem Boden abgesetzt, und lief zu der Kiste.

»Mein Großonkel hat sie Flatulenzia getauft. Ich nenne sie Pupsi. Sie ist so zart und klein.«

»Kein schlechter Name«, sagte Horn. »Aber warum heißt dieses Tier überhaupt Pupsetier?«

»Hinterafrikanisches Pupsetier«, ergänzte Paul.

»Es stammt sicher aus Hinterafrika«, sagte Nickel, während sie ihre Brille polierte, um die Kiste genauer zu untersuchen. Da sie weitsichtig war, brauchte sie ihre Brille vor allem, wenn sie Dinge untersuchen wollte, die ganz in ihrer Nähe waren.

»Und warum Pupsetier?«, fragte Horn.

»Warum heißt denn ein Stinktier Stinktier?«, seufzte Nickel.

»Du musst gar nicht so klug tun«, sagte Horn. »Natürlich heißt es so, weil es stinkt, aber kein Tier pupst die ganze Zeit! Und außerdem bist du ja auch kein kleines Schwein, das im Meer lebt, nur weil du Meerschweinchen heißt, und ich bin kein Papa, nur weil ich ein Papagei bin, oder glaubst du, Papageienmütter nennt man Mamagei, oder was?«

»Streitet doch nicht«, sagte Paul. »Ich bin so froh, dass ihr gekommen seid! Und dieses Tier, also Pupsi, sie pupst wirklich sehr viel und auch sehr laut.«

»Hast du vielleicht ein Foto?«, fragte Nickel.

»Nein, leider nicht. Mein Großonkel wird nächste Woche mit einem Tierfotografen kommen. Was soll ich ihm nur sagen? Das Tier ist so selten, dass sie noch nicht mal im Internet Bilder davon haben. Ich mache mir solche Sorgen! Pupsi braucht doch ihre Spezialbohnen!«

Paul klang ganz verzweifelt, und Nickel und Horn schämten sich ein bisschen für ihren Streit.

»Keine Sorge«, sagte Horn aufmunternd. »Bis nächste Woche haben wir Pupsi sicher aus den Händen der Entführer befreit.«

»Das hoffe ich«, sagte Nickel. »Und hier scheint mir auch eine erste Spur zu sein.«

An der Ecke der Kiste stand ein Nagel hervor, an dem ein kleines Stückchen Stoff hängen geblieben war. Nickel schnupperte daran und winkte Paul herbei.

»Ist das von dir? Von einem Hemd, einer Hose, Schlafanzug, Morgenmantel oder Unterhose?«

»Nein«, sagte Paul, der das bunte Muster des Stoffes noch nie gesehen hatte.

»Hätte mich auch gewundert«, sagte Nickel. »Es riecht gar nicht nach dir. Es stinkt nach Männerschweiß. Vielleicht von deinem Vater? Oder vom Großonkelprofessor?«

»Ich glaube nicht«, sagte Paul.

»Glasklare Sache!«, krächzte Horn. »Es muss vom Entführer sein!«

»Wer weiß«, sagte Nickel. »Wir sollten trotzdem eine Flugschnüffelung einleiten.«

Paul schaute verwundert. Das Wort hatte er noch nie gehört. Horn flatterte schon zu Nickel und packte sie mit beiden Krallen an den Hinterbeinen, sodass die Meerschweinchendame kopfüber mit der Schnauze nach unten hing, als er wieder abhob. Erst einmal drehte er kleine Runden um die Kiste. Nickel schnüffelte wie wild.

»Richtung Fenster«, sagte sie nach einer Weile, und Horn flog in Richtung Fenster. »Die Spur, SCHNSCHNSCHN, führt eindeutig zum Fenster, SCHNSCHNSCHN. Bitte landen.«

Horn setzte sie auf der Fensterbank ab.

»Autschi«, sagte Nickel, die sich bei der Landung die Nase gestoßen hatte.

»Entschuldige«, krächzte Horn. »Und jetzt?«

»Wir müssen raus«, sagte Nickel. »Bitte das Fenster öffnen.«

»Aber Herr Grobian!«, rief Paul besorgt.

»Wir müssen uns beeilen. Sonst ist so eine Spur sehr schnell verdorben oder erkaltet«, erklärte Nickel. »Da muss nur ein Vogel draufmachen. Wir werden einfach leise sein.«

Paul ließ sie also wieder raus und weiter ging die Flugschnüffelung.

»Rechts«, flüsterte Nickel, die unter Horn hin und her schaukelte. »Jetzt flieg schon rechts!«

Doch Horn weigerte sich, rechts zu fliegen. Er hatte keine Lust, den furchtbar lauten Nachbarn noch einmal zu wecken. Ihm taten immer noch die Ohren weh. Stattdessen flog er gleich zurück ins Zimmer.

»Und?«, fragte Paul.

»Die Spur führt eindeutig zum Fenster des Herrn Grobian«, sagte Nickel.

»Unsinn!«, meinte Horn. »Der Dieb ist übers Dach geflüchtet. Das haben wir gesehen. Wir müssen uns das unbedingt nochmal genauer anschauen.«

»Ich kann mir auch nicht vorstellen, dass Herr Grobian etwas damit zu tun hat«, sagte Paul. »Er will nachts doch immer nur seine Ruhe haben, weil sein Schlaf ihm so wichtig ist.«

»Tja«, sagte Nickel und blickte nachdenklich zum Giebel des Nachbardachs hinüber, auf dem drei Tauben dösten. »Vielleicht ist es Zeit für einen Erkundungsflug mit anschließender Zeugenbefragung. Was meinst du, Horn?«

7. Kapitel

Glasklare Sicht bei Mondlicht

Die letzten Vorsichtsmaßnahmen für Horns Erkundungsflug waren schnell getroffen.

»Wenn der Grobian doch aufwacht, halte ich meine Brille in Pauls Leselicht und mache so Blinkzeichen«, erläuterte Nickel, nachdem Horn sich startklar auf der Fensterbank platziert hatte. »Sobald du das siehst, musst du schnell zurückkommen.«

»Bei meiner Schwanzfeder!«, krächzte Horn.

Der Papagei flatterte los, und kurz darauf sah Nickel ihn über dem Dach des Nachbarhauses kreisen, auf das man über eine kleine Treppe gelangte, wenn man nicht fliegen konnte.

Im Mondschein inspizierte Horn jede Ecke des Dachs, das zu den anderen drei Seiten aber genauso eindeutig in einer Regenrinne endete wie das Dach von Pauls Haus. Und hier gab es noch nicht einmal Dachfenster. Wer nicht fliegen konnte oder eine riesenhohe Leiter hatte, konnte unmöglich runter von diesem Dach. Die Zeugen waren seine letzte Hoffnung.

Auf dem Giebel angekommen, ging er vorsichtig auf die drei Tauben zu und räusperte sich so lange, bis sie – sichtlich

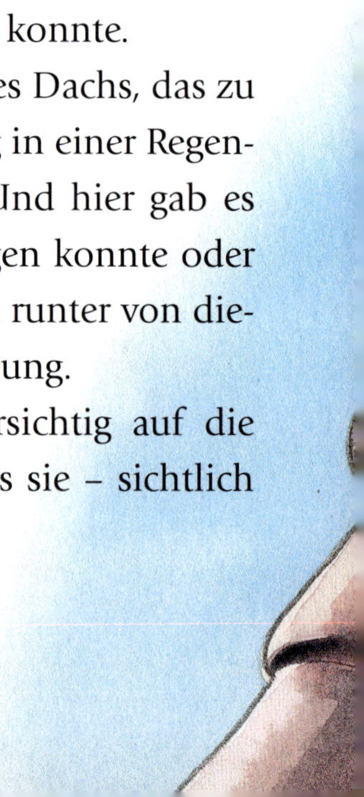

genervt – erwachten. »Was ist denn das für ein Hippie?«, gurrte die eine Taube.

»Hält sich wohl für was Besseres mit seinen bunten Federn«, sagte die zweite.

»Fliegt mitten in der Nacht herum, als wäre er besoffen«, ergänzte die dritte.

Horn riss sich zusammen und sagte erst einmal nichts.

»Wir kaufen nichts«, sagten die drei Tauben gleichzeitig.

»Ähem«, räusperte sich Horn. »Ich hätte nur eine kleine Frage.«

»Oh, er spricht Taubisch«, sagte die erste Taube überrascht.

»Wir Papageien sprechen alle Sprachen, die wir hören. Und es gibt kaum ein Land, in dem ich noch nicht war. Jetzt ermittle

ich hier als Detektiv und habe, wie gesagt, nur eine Frage: Haben Sie hier vor ein paar Tagen nachts etwas Verdächtiges auf dem Dach bemerkt?«

»Grugru«, machten die Tauben. »Nachts schlafen ordentliche Vögel.«

»Und tagsüber? Sieht man hier oben manchmal Menschen?«

»Den Schornsteinfeger, aber der war lange nicht mehr da.«

»Und wie kommt der hier hoch?«

»Durch den Schornsteinfegernormaustritt, welcher in diesem Haus laut Brandstättensäuberungsverordnung, Ausnahmerege-

lung fünf, Punkt zwei, durch eines der Dachfenster des Nachbarhauses erfolgt.«

»Gibt es keinen anderen Weg?«

»Das solltest du mit deiner Brille doch am besten sehen. Und jetzt müssen wir weiterschlafen. Normale Vögel arbeiten tagsüber und stellen darum nachts auch keine dummen Fragen.«

»Auf Nimmerwiedersehen«, sagten die drei Tauben gleichzeitig. »Das ist ein ordentliches Dach. Da treiben sich weder Menschen noch Papageien rum.«

Da Horn es auf keinen Streit mit den drei Tauben ankommen lassen wollte und er sie zugegebenermaßen ja auch geweckt hatte, hielt er sein Piratentemperament zurück und flog davon.

Nickel und Paul platzten fast vor Neugierde, als Horn endlich zurückkam und etwas erschöpft auf der Fensterbank landete.

»Glasklare Sache, der Nachbar war's«, berichtete er. »Es gibt keine andere Erklärung, weil wir sonst etwas Fliegendes auf dem Dach hätten sehen müssen. Auch wenn mir das gar nicht gefällt, haben wir wohl unseren ersten Fall so gut wie gelöst.«

»Abwarten, noch haben wir das Pupsetier nicht«, gab Nickel zu bedenken. »Wir brauchen einen richtig guten Plan!«

»Schlage vor, wir setzen uns an den Schreibtisch«, sagte Paul entschlossen. »Es gibt viel zu besprechen.« Er ließ sich auf seinen superhydraulischen Drehstuhl fallen und setzte Nickel auf die Tischplatte. Horn machte es sich auf der Schreibtischlampe bequem. »Warum sollte Herr Grobian das getan haben?«, fragte Paul leise.

»Das ist die ganz entscheidende Frage nach dem Motiv«, sagte Nickel. »Kein Verbrechen geschieht ohne Motiv, aber das kann uns nur der Täter selbst enthüllen.«

»Mit dem kann man doch gar nicht reden«, sagte Paul. »Der schreit doch immer gleich, wenn man seine Ruhe stört.«

»Könnte es sein, dass er sich von Pupsi gestört fühlte?«, fragte Nickel.

»Aber warum? Sie hat doch nur gelegentlich gepupst«, sagte Paul. »Was sollen wir nur machen?«

»Ich könnte ihn direkt angreifen und in die Enge treiben«, schlug Horn vor. »In meiner Zeit bei den Piraten war ich bei jeder Schlacht vorne dabei.«

»Deine Ohren sind dann aber kaputt«, sagte Nickel. »Nein, bei so einer direkten Konfrontation ziehen wir den Kürzeren.

Wir müssen ihn darüber in Kenntnis setzen, dass wir wissen, dass er der Täter ist, ohne selbst in Erscheinung zu treten.«

»Unsichtbar können wir uns aber wohl kaum machen«, krächzte Horn.

Schweigend saßen sie am Schreibtisch und dachten so sehr nach, dass Horns Nackenfedern zu Berge standen und Nickel seine Barthaare nervös verknotete. Das konnte doch nicht wahr sein: Sie wussten, wer der Täter war, und hatten trotzdem keine Ahnung, wo das arme Pupsetier steckte.

»Ein Brief!«, rief Paul da plötzlich so laut, dass Nickel und Horn vor Schreck zusammenfuhren. »Wir müssen einen Brief schreiben!«

»Kannst du denn schreiben?«

»Ein bisschen schon.«

Paul leuchtete mit der Taschenlampe auf ein Schreibheft, in das er am Nachmittag seine Hausaufgaben geschrieben hatte.

»Nicht schlecht«, sagte Nickel. »Wirklich eine sehr schöne Schrift, aber Herr Grobian wird erkennen, dass es eine Kinderschrift ist.«

»Mhm«, sagte Paul enttäuscht. »Das stimmt.«

Wieder grübelten sie schweigend.

»Ich hab's!«, rief Paul plötzlich.

»Könntest du uns etwas leiser wissen lassen, was für 'n Schlaumeier du bist«, krächzte Horn, der vor Schreck fast von der Lampe gefallen war.

»Entschuldige«, flüsterte Paul. »Wir haben in der Schule einen Computer, den wir benutzen dürfen. Und mein Papa hat auch einen. Da kann man auch ausdrucken.«

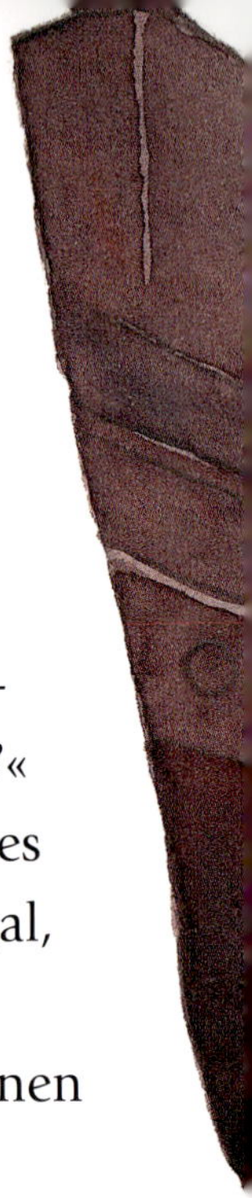

»Was bitte?«, fragte Nickel.

Nickel und Horn hatten noch nie von einem Computer gehört. Derart moderne Dinge gab es bei Herrn Locke nicht.

»Ein Puter?«, fragte Horn. »Pock, pock pock pock pock!«

»Sei nicht albern«, sagte Nickel, die Mühe hatte, ihre Barthaare wieder zu entknoten. »Was ist das denn für ein Gerät?«

»Damit kann man schreiben und es sieht aus, als hätte es ein Erwachsener geschrieben«, erklärte Paul. »Es ist ganz egal, wer auf die Tasten drückt.«

»Was denn für Tassen?«, krächzte Horn. »Willst du uns einen Grog spendieren?«

»Du meinst, so wie manche Erpresser Buchstaben und Wörter aus Zeitungen ausschneiden und sie dann zu neuen Wörtern zusammenkleben, damit man ihre Handschrift nicht erkennen kann?«, fragte Nickel.

»Ja!«, sagte Paul. »So ungefähr, aber viel einfacher. Wir müssten vorher nur überlegen, was ich schreiben soll.«

Paul holte eine große rote Mappe aus seinem blauen Schulranzen, in der mehrere ausgedruckte Blätter steckten. Die zeigte er den beiden Detektiven.

»Beachtlich«, sagte Horn. »So einen Tassen-Puter bräuchten wir auch.«

»Computer«, sagte Paul. »Das hat mit Puten nichts zu tun.«

»Gut«, sagte Nickel. »Dann lass uns doch mal überlegen, was wir schreiben wollen.«

Sofort nahm Paul ein leeres Blatt aus der Mappe und seinen Füller in die Hand. Er sah Nickel und Horn erwartungsvoll an.

Horn kratzte sich mit dem Flügel am Kopf. Er hatte als Pirat so manche Entführung und Erpressung miterlebt und versuchte sich zu erinnern.

»Also«, sagte er schließlich. »Schreib auf: Du elende Landratte! Wir werden dich kielholen und den Haien zum Fraß vorwerfen, wenn du das Pupsetier nicht sofort zurückgibst.«

»Warte«, sagte Nickel. »Vielleicht sollten wir ihn nicht gleich beschimpfen.«

»Aber so macht man das«, sagte Horn leicht beleidigt. »Du hast ja wohl noch nicht so viele Entführungen miterlebt wie ich, oder?«

»Ja, aber wir sind keine Piraten, sondern Detektive. Wir sind die Guten und sollten auch so schreiben.«

»Das ist Ansichtssache! Wir waren auch die Guten unter Captain Gurkennase!«

»Dich hat er aber ausgesetzt, als du kurzsichtig wurdest.«

»Mhm«, machte Horn nachdenklich. »Du hast schon wieder recht, du kluges kleines Schweinchen. Und? Wie würdest du es machen?«

»Hoch verehrter Herr Nachbar Grobian, zum Beispiel«, sagte Nickel. »Oder einfach: Guten Tag.«

»Und wenn er den Brief dann abends liest?«, fragte Horn.

Während Nickel und Horn weiterdiskutierten, hatte Paul längst angefangen, den Brief vorzuschreiben, so wie er es in der Schule gelernt hatte und aus Detektivgeschichten kannte. Als er fertig war, unterbrach er die beiden Detektive und zeigte ihnen den Zettel. Da stand:

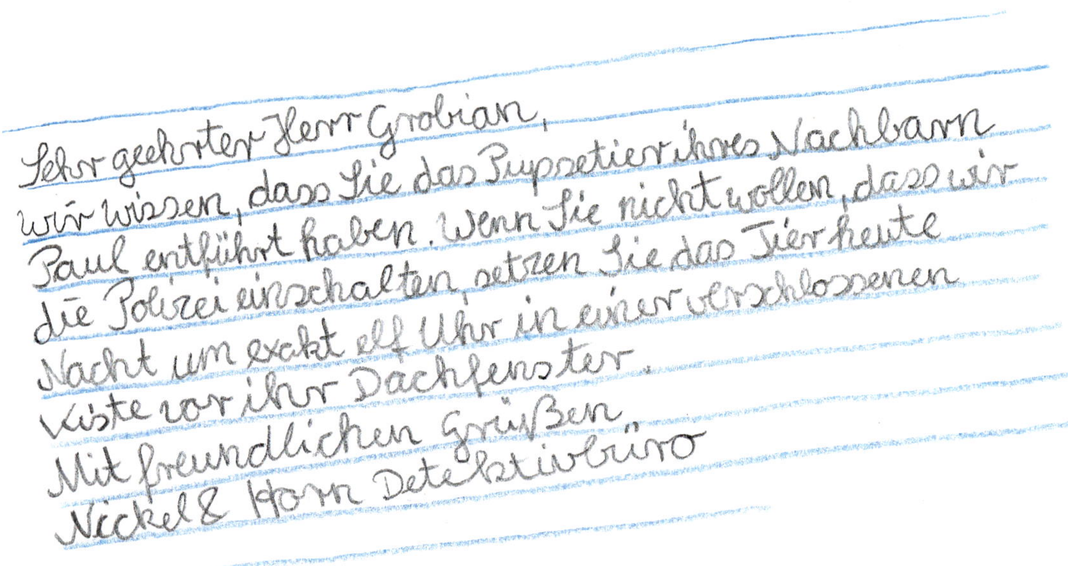
Sehr geehrter Herr Grobian,
wir wissen, dass Sie das Pupsetier ihres Nachbarn
Paul entführt haben. Wenn Sie nicht wollen, dass wir
die Polizei einschalten, setzen Sie das Tier heute
Nacht um exakt elf Uhr in einer verschlossenen
Kiste vor ihr Dachfenster.
Mit freundlichen Grüßen
Nickel & Horn Detektivbüro

Nickel und Horn sahen Paul bewundernd an.

»Respekt, wem Respekt gebührt!«, sagte Horn.

»Das hast du wirklich ziemlich gut geschrieben«, sagte Nickel und nickte anerkennend. »Das kannst du so in den Computer stecken.«

Paul wurde ein bisschen rot vor Stolz und grinste bis zu beiden Ohren.

»Danke«, sagte er. »Aber erst muss ich es noch tippen. Und dann stecke ich es ihm nach der Schule in den Briefkasten.«

»Hervorragende Taktik«, sagte Nickel. »Man sollte dich sofort zum Hilfsdetektiv erster Klasse ernennen, wenn du nicht schon der Auftraggeber wärst.«

»Das hätte Captain Gurkennase nicht besser aushecken können«, sagte Horn.

Weil sie nicht sicher sein konnten, ob Schlappi heute Nacht nicht wieder seine Runden drehte, machten sie sich auf den Weg zurück nach Hause. Sie verabredeten sich für die nächste Nacht auf dem Dach und besprachen, wie sie Herrn Grobian einen ordentlichen Schrecken einjagen würden.

8. Kapitel

Ein ziemlich kleinlauter Schreihals

»Wie spät ist es denn jetzt?«, fragte Horn leise.

»Genau eine Minute später als bei deiner letzten Frage«, sagte Nickel. »Wenn du weiter so rumzappelst, wird Schlappi noch neugierig.«

Der Tag wollte und wollte einfach nicht vergehen. Abwechslung gab es in Herrn Lockes Wohnung genauso wenig wie an allen anderen Tagen. Noch weniger erfreulich war, dass Frau Perle heute Frikadellen briet. Der Geruch von angebranntem Fleisch füllte die ganze Wohnung.

»Pfui, diese Tierfresser!«, schimpfte Horn.

»Herr Locke mag das sowieso nicht. Er ist doch Vegetarier, seit wir bei ihm sind.«

»Am Ende frisst diese schlappe Nervensäge alles. Immerhin schläft er mit vollem Bauch dann tief und fest.«

Da Schlappi schon wieder guckte, verstummten sie schnell und taten so, als gäbe es draußen etwas zu sehen.

Während Herr Locke seinen Mittagsschlaf machte und Schlappi mit Frau Perle unterwegs war, hüpfte Horn auf die Fensterbank und sah nach unten auf die Straße. Lange passierte nichts, aber dann sah er Paul mit seinem Schulranzen nach Hause kommen, in seiner rechten Hand tatsächlich einen weißen Briefumschlag.

»Er hat ihn!«, zischte Horn. »Den Brief!«

»Psst!«, machte Nickel. »Du verrätst uns noch.«

Schnell flog Horn zurück auf seine Stange. Den Rest des Tages versuchte er, sich so unauffällig wie möglich zu verhalten, indem er einfach dasaß und nichts tat. Das gelang ihm so gut, dass es sogar Herrn Locke auffiel.

»So brav, wie ihr seid, könnte man denken, dass ihr etwas ausheckt«, sagte er gegen Abend, als Schlappi wieder mit Frau Perle draußen war.

»Von wegen aushecken«, krächzte Horn. »Was soll man hier denn aushecken in diesem Fleischgestank! Nicht aushecken, sondern aushängen müsste man mal die Fenster. Sperrangelweit! So grauenvoll roch es ja noch nicht einmal in der Kombüse der Esperanza, als wir vor Guinea in der Flaute lagen und alle Lebensmittel verdarben! Da gehe ich bald freiwillig ins Tierheim!«

»Frau Perle meint es doch nur gut«, sagte Herr Locke entschuldigend. »Für sie ist es einfach unvorstellbar, dass ein Mann kein Fleisch ist.«

»Sie sollten jedenfalls nur Rohkost essen«, sagte Nickel. »In Ihrem Alter ist das die Diät der Wahl, glauben Sie mir. Wer Frisches isst, bleibt lange frisch. Alte Meerschweinchenweisheit.«

»Ich tue mein Bestes.« Herr Locke lächelte und kratzte seinen grauen Lockenkopf. »Jetzt gönne ich mir aber einen kleinen Schnaps, bevor die beiden wiederkommen.«

»Wir sagen nichts, versprochen!«, krächzte Horn. »Lassen Sie es sich schmecken«, sagte Nickel.

Nachdem Schlappi dann tatsächlich die Frikadellen allein verputzt hatte, fiel er wie ein Stein auf den Bettvorleger. Frau Perle half Herrn Locke noch dabei, seinen Pyjama anzuziehen, brachte ihn zu Bett und verabschiedete sich bis zum nächsten Tag. Nickel und Horn stellten sich schlafend.

»Puuuuuh!«, seufzte Horn, als die Tür endlich ins Schloss gefallen war. »Ist schon elf Uhr?«

»Noch ungefähr drei Stunden«, flüsterte Nickel. »Ich schleiche gleich mal rüber und schaue auf die Küchenuhr.«

In den folgenden drei Stunden lief Nickel insgesamt zweiunddreißig Mal in die Küche, um auf die Uhr zu schauen. Dann war es endlich so weit, und die beiden entwischten durchs Badezimmerfenster und flogen zum Schornstein auf dem Dach gegenüber.

Wie verabredet, hielten sie sich im Schatten versteckt. Kurz darauf begann die Uhr im Kirchturm am Ende der Bäckerstraße zu schlagen.

»Eins, zwei, drei, vier, fünf, sechs, sieben, acht, neue, zehn, elf«, zählte Horn leise mit. »Glasklare Sache: Es ist elf Uhr.«

»Ja«, sagte Nickel. »Und jetzt pass auf.«

In Herrn Grobians Zimmer brannte Licht und der riesige Schatten des Mannes war zu sehen. Die Vorhänge wurden zur Seite gezogen und das Fenster geöffnet.

»Hallo?«, fragte Herr Grobian mit überraschend leiser und unsicherer Stimme. »Sind Sie da?«

»Stellen Sie die Kiste einfach raus«, sagte Horn mit der Stimme von Herrn Locke, die er nach all den Jahren perfekt imitieren konnte. »Und dann verschwinden Sie.«

»Hören Sie, bitte. Das geht nicht.«

»Frag ihn, warum nicht«, flüsterte Nickel.

»Und warum nicht, Landratte?«, fragte Horn.

»Nicht schimpfen«, flüsterte Nickel. »Du bist kein Pirat mehr!«

»Und warum bitte sehr nicht?«, fragte Horn.

»Ich habe dieses Tier nicht mehr«, sagte Herr Grobian. »Ich habe es gleich in die Tierhandlung an der Hauptstraße gebracht, damit es gut versorgt ist. Ich wollte es zurückholen. Aber es ist schon verkauft worden, und der Verkäufer weigert sich, mir den Namen des Käufers zu nennen, der in seinem Computer steht. Es tut mir leid, aber dieses Pupsen hat mich in den Wahnsinn getrieben. Nächtelang haben die Wände gewackelt. Ich brauche einfach meinen Schlaf, sonst werde ich unausstehlich. Dann brennen mir die Sicherungen durch.«

»Er soll das Geld rauslegen und verschwinden«, flüsterte Nickel.

»Raus mit der Kohle und dann ab in die Kiste mit dir«, sagte Horn. »Pupsetierquäler!«

»Horn! Bitte!«, zischte Nickel.

»Es tut mir ja so leid«, stammelte Herr Grobian. »Jetzt, wo ich wieder schlafen kann, weiß ich ja, dass ich so etwas niemals hätten machen dürfen. Aber ich habe wirklich keinen Cent von dem Händler genommen.«

»Ist gut, jetzt bitte nicht auch noch heulen. Davon hat Pupsi sicher nichts.«

»Bitte zeigen Sie mich nicht an«, sagte Herr Grobian. »Ich werde mich auch bestimmt nie wieder beschweren.«

»Das wollen wir hoffen«, sagte Horn.

Herr Grobian verschwand in seinem Zimmer. Die Vorhänge wurden zugezogen.

»So ein Jammerlappen. Erst rumschreien und dann heulen«, schimpfte Horn. »Stadtmenschen sind wirklich immer wieder eine Enttäuschung.«

»Jetzt los zu Paul!«, flüsterte Nickel. »Er muss uns sagen, wo diese Tierhandlung ist und wie wir in den Computer reinkommen.«

»Glasklare Sache«, krächzte Horn mit seiner Papageienstimme. »Der Fall wird jetzt gelöst!«

»Abwarten«, sagte Nickel. Herrn Grobian schien es zwar wirklich leidzutun, aber er sollte trotzdem lieber nicht wissen, dass er von zwei Kleintieren und einem Kind überführt worden war. Deshalb schlichen Nickel und Horn erst einmal leise um den

Schornstein und dann zu Pauls offen stehendem Fenster. Aufgeregt erwartete der Junge sie im Dunkeln. Als er sie kommen hörte, machte er sofort seine Taschenlampe an.

»Ich habe alles gehört«, sagte er und klang dabei enttäuscht. Natürlich hatte Paul noch viel mehr als Nickel und Horn darauf gehofft, dass sie das Pupsetier heute wiederbekommen würden. Pupsi brauchte doch dringend die Spezialbohnen, die nur Pauls Großonkel beschaffen konnte!

»Kopf hoch!«, krächzte Horn. »Der Fall ist gelöst, der Täter überführt. Wir wissen bald, wo die Beute steckt. Wo ist der Laden und wie kommen wir in den Computer?«

»So einfach ist das nicht«, sagte Paul. »Man kann in einen Computer nicht reinklettern.«

»Aber wie hätte der Verkäufer dann bitte nachgucken sollen?«, fragte Horn.

Paul versuchte, Nickel und Horn zu erklären, wie ein Computer funktionierte, aber die beiden konnten einfach nicht begreifen, was das für ein Gerät sein sollte. Daher schlich er mit Nickel in der Hand und Horn auf der Schulter aus seinem Zimmer durch den Flur und ins Arbeitszimmer seines Vaters. Da stand so ein Kasten mit Fenster, das zu leuchten anfing, nachdem Paul einen Knopf gedrückt hatte. Nickel verfolgte jeden seiner Handgriffe mit höchster Aufmerksamkeit. Man musste also Tasten drücken und schon schaute man rein in dieses Ding, ohne dass man selbst hineinkriechen musste. Gerade als Paul ihr erklärte, wie sie die Namen und Adressen der Käufer im Computer des Tierhändlers finden könne, hörten sie jemanden rufen.

»Mein Papa!«, zischte Paul. »Schnell, ihr müsst euch verstecken.«

Er setzte Nickel in den Papierkorb und bedeckte sie mit einem Blatt Papier. Horn flog auf den Aktenschrank und versteckte sich hinter einer Vase. Die Tür ging auf, und Pauls Papa trat ein. Er war ein großer

Mann mit freundlichen Augen und trug einen bunt gestreiften Schlafanzug.

»Ich muss noch Hausaufgaben machen«, sagte Paul.

»Und da setzt du dich mitten in der Nacht an meinen Schreibtisch?«, fragte Pauls Vater und wuschelte ihm liebevoll durchs Haar. »Das hat doch sicher Zeit bis morgen.«

»Klar«, sagte Paul. »Aber du sagst doch selbst immer, erledigt ist erledigt.«

Dann machte er den Computer aus und ließ sich von seinem Papa aus dem Zimmer tragen. Die Tür wurde von außen verschlossen.

»Heilige Kokosnuss, wir sind gefangen!«, murmelte Horn.

»Wenn jetzt nur Schlappi nicht aufwacht!«, flüsterte Nickel. Mühsam kletterte sie aus dem Papierkorb, in dem dummerweise auch ein Kaugummi gelegen hatte, der jetzt in ihrem Fell festklebte.

»Warte«, sagte Horn und zog an dem Kaugummi und so auch an Nickels Haaren.

»Autsch!«, rief sie.

»So etwas Widerliches!«, schimpfte Horn, als er den Kaugummi endlich entfernt hatte. »Diese Menschen kommen wirklich auf die unsinnigsten Ideen, wenn es ums Essen geht!«

Es war ganz still. Horn flog zur Tür und versuchte mit aller Flügelkraft, die Klinke runterzudrücken. Erfolglos. Dann packte er Nickel im Nacken und setzte sie auf die Klinke, die sich kein bisschen bewegte. Stattdessen rutschte Nickel ab und fiel auf den Dielenboden.

»Autschi, mein Po!«, rief sie. »Du blöde Tür!«

Verzweifelt saßen Nickel und Horn auf dem Boden. Das Fenster war fest verschlossen. Schlappi würde spätestens morgen früh bemerkten, dass sie ausgeflogen waren, und sofort Alarm schlagen. Vielleicht steckte Herr Locke sie doch noch ins Tierheim, wenn sie ihm so große Sorgen bereiteten. Plötzlich bewegte sich die Klinke wie von selbst. Erschrocken sprangen die beiden Detektive zurück. Gab es hier Geister und Gespenster? Natürlich nicht! Die Tür ging auf und Paul steckte die Nase ins Zimmer.

»Kommt schnell«, flüsterte er. »Bevor mein Papa etwas bemerkt.«

Eilig sprang Nickel auf Pauls Hand. Horn flog ihnen hinterher. Kaum waren sie auf der Fensterbank in Pauls Zimmer angekommen, rief Pauls Papa schon wieder nach seinem Sohn. Nickel und Horn versteckten sich hinter dem bedruckten Vorhang. Ängstlich drückten die beiden sich an die Wand. Nickel traute sich nicht, um die Ecke zu spähen, doch sie spitzte ihre Ohren.

»Mit wem sprichst du denn da?«, hörten sie Pauls Papa fragen.

»Mit einem Meerschweinchen und einem Papagei«, antwortete Paul.

»Du hast wirklich eine blühende Fantasie, mein Kleiner«, sagte der Papa. »Und jetzt schlaf gut, sonst bist du morgen nicht ausgeschlafen.«

9. Kapitel

Wenn Pfoten über Tasten hasten

Kaum hatte Pauls Papa das Zimmer verlassen, brachen sie auf. Nickel wies Horn den Weg zur Hauptstraße, den Paul ihr erklärt hatte: die Bäckerstraße bis zum Kirchturm, dann links abbiegen in die kleine Seitenstraße am Park und dann die erste rechts. Und da war ja auch schon die Tierhandlung. Was für ein grauenhafter Ort! Dutzende Tiere hockten im Schaufenster in Käfigen, aber das konnte jetzt nicht ihre Sorge sein. Sie hatten einen Auftrag, und um den zu erfüllen, mussten sie rein ins Geschäft und in den Computer.

Zum Glück lag das Schloss der alten Ladentür wie so oft nur knapp über Bodenhöhe, sodass Nickel sich bequem an die Arbeit machen konnte. Sie bog den rechten Bügel ihrer Nickelbrille so nach vorne, dass sie ihn ins Schloss stecken konnte, ohne die Brille abnehmen zu müssen – sonst hätte sie ja nichts gesehen. Vorsichtig stocherte sie mit dem extraschmalen Ende des Brillenbügels, so wie es ihr Herr Locke beigebracht hatte. KLACK, KLICK, KLICK, KLACK. Das Schloss war kein Problem. Die Tür konnten sie aber unmöglich alleine aufstoßen.

»Vergorene Kokosnuss!«, schimpfte Horn. »Dafür war der dicke Schlappi dann doch immer gut. Türen aufdrücken konnte er!«

Nickel machte sich sofort auf die Suche nach einem anderen Eingang. Wenn da drinnen so viele Tiere lebten, musste es auch eine Belüftung geben, und tatsächlich entdeckte sie an der Seitenwand des Gebäudes eine vergitterte Öffnung.

»Ojemine«, seufzte sie mit zitternden Barthaaren. »Das muss ich wohl allein erledigen. Da passt du ja nicht durch.«

»Keine Angst, ich stehe Schmiere«, sagte Horn.

»So reden Gauner«, sagte Nickel. »Ein Detektiv gibt dem anderen Rückendeckung.«

»Auf jeden Fall warne ich dich mit dem Lockruf einer andalusischen Zwergeule, wenn jemand kommt«, sagte Horn und machte ein Geräusch, das man mit Menschenohren gar nicht hören konnte.

»Gut«, sagte Nickel. »Dann wünsch mir Fuß- und Schwanzbruch.«

Ohne weitere Worte zwängte sie sich durch das Gitter, was kein Problem war, da ein Großteil ihres Körperumfangs aus Fell bestand. Sofort umfing sie ein unerträglicher Gestank. In dieser kleinen Tierhandlung lebten einfach viel zu viele Tiere! Am liebsten hätte sie alle

Käfige geöffnet, aber dafür blieb ihr keine Zeit.

Ganz, ganz leise, damit die anderen Tiere sie nicht bemerkten, schlich sie in ein stickiges kleines Hinterzimmer, wo zwischen lauter Holzkisten, Käfigen und Kartons der Schreibtisch mit dem Computer stand. Der war allerdings viel zu hoch, um hinaufzuklettern. Schnell sah sie sich um und fand nach einigem Suchen einen staubigen Besen, der an der Wand lehnte. Nickel nahm Anlauf und sprang mit aller Kraft Kopf voraus gegen den Holzstiel.

Sie brauchte vier Versuche, bis der Besen endlich umkippte und auf den Schreibtisch fiel. Kurz atmete sie durch, dann machte sie sich daran, auf dem Stiel hochzubalancieren. Mehrmals wäre sie um ein Haar abgestürzt. Oben angekommen, fand sie sofort den Knopf, mit dem man den Computer anmachte.

Alles war genauso, wie Paul es ihr gezeigt hatte. Das Gerät begann zu summen und der Bildschirm leuchtete auf. Kurz darauf erkannte sie den kleinen Pfeil, von dem Paul gesprochen hatte. Dann schob sie das mausgraue Gerät neben den Tasten so zur Seite, dass der Pfeil auf einem Viereck landete, unter dem VERKÄUFE stand. Jetzt musste sie nur noch auf dieses Mausgerät springen und schon öffnete sich ein weißer Zettel auf dem Bildschirm.

Das Summen des Computers blieb nicht unbemerkt, die ersten Tiere wurden unruhig, während Nickel mit Mühe Zeile um Zeile las, bis sie endlich fand, was sie suchte: HINTERAFRIKANISCHES PUPSETIER SEHR SELTENE RARITÄT, stand da. LANGÖR 341. Nickel verstand nicht, was das bedeuten sollte, und las die Zeile wieder und wieder, um sie auswendig zu lernen. Hoffentlich konnte Paul damit etwas anfangen!

Die Tiere wurden immer aufgeregter.

Nickel hatte keine Zeit zu verlieren und rutschte waghalsig den Besenstiel hinunter. Dann rannte sie zur Lüftungsöffnung und zwängte sich zurück durch das Gitter.

»Endlich«, krächzte Horn, der sich schon Sorgen machte. »Ich dachte schon, du willst vor Anker gehen.«

»Schnell weg hier«, sagte Nickel. »Da drinnen ist die Hölle los.«

Und wirklich drang aus dem Geschäft wildes Geschrei. Nickel sprang auf Horns Rücken, der heftig flatternd abhob und zurück zur Kirche und in die Bäckerstraße flog.

Paul erwartete sie am Fenster, wo sie inzwischen geübt landeten. Nickel konzentrierte sich mit aller Kraft und wiederholte dann, was sie gelesen hatte.

»Oh weh!«, sagte Paul. »Bist du ganz sicher?«

»Auf mein Gedächtnis ist Verlass.«

»Dann ist das Pupsetier verloren«, sagte Paul und fing an zu weinen.

»Wieso verloren?«, fragte Horn. »Wer ist denn dieser Langohr? Etwa ein Hund wie Schlappi?«

»Nein, Langör ist eine Insel im Meer. Weit, weit weg von hier. Bestimmt 341 Kilometer, wie es in dem Computer stand. Wie sollen wir es von dort retten?«

»Na, wie wohl?«, krächzte Horn. »Mir ist seit Jahren schon nach einer ordentlichen steifen Brise!«

»Aber dieser Wachhund Schlappi und Herr Locke lassen euch doch niemals eine so gefährliche Reise machen.«

»Das lass mal unsere Sorge sein.«

»Tja«, seufzte Nickel nachdenklich. »Wohl ist mir nicht dabei, aber es sieht doch ganz so aus, als müssten wir wirklich verreisen. Könntest du für Herrn Locke einen Brief schreiben?«

»Großartige Idee!«, rief Horn. »Er will ja nur nichts von der Sache hören! Lesen ist schließlich etwas völlig anderes!«

»Klar«, sagte Paul und holte Papier und Füller aus seinem Ranzen. »Was soll ich ihm denn schreiben?«

»Schreib ihm, dass wir nur machen, was er früher auch getan hätte, und dass es um Leben und Tod geht, und um unsere Detektivehre.«

»Mach ich«, sagte Paul. »Hoffentlich wird er das verstehen.«

»Zumindest lesen kann er ja noch ohne diesen Hund!«, sagte Horn.

Als Paul fertig war, ließ er Nickel und Horn noch mit Pfoten- und Krallenabdruck unterschreiben, damit der alte Detektiv auch wusste, dass der Brief wirklich von ihnen stammte. Er faltete den Zettel und steckte ihn in einen Umschlag. Dann holte er seinen dicken Atlas aus dem Regal und zeigte Nickel auf einer großen Landkarte, wo genau die Insel Langör lag und wie sie fliegen mussten, um sie zu erreichen. Nickel prägte sich alles genau ein.

»Morgens muss die Sonne rechts von euch sein, mittags hinter euch und abends links. Und wenn ihr nachts fliegt, folgt einfach dem Nordstern«, erklärte Paul und zeigte aus dem Fenster, wo man am Himmel einen Stern besonders hell leuchten sah.

»Ein bisschen mulmig ist mir schon«, sagte Nickel.

»Wir haben keine Wahl«, sagte Horn. »Sonst ist das Pupsetier verloren!«

Er klopfte Nickel mit dem Flügel auf die Schulter.

Zu allerletzt erinnerte Paul sich zum Glück an die Spezialbohnen. Er füllte zehn Stück in ein kleines rot-weiß kariertes Stoffsäckchen, das Horn sich um den Hals hängen konnte. Dazu steckte Paul einen Zettel mit der Telefonnummer seiner Eltern. Sie mussten versprechen, ihn anzurufen!

Als sich der Himmel über dem Dach von Herrn Lockes Wohnung langsam rosarot färbte und die ersten Vögel um die Wette zwitscherten, setzte Nickel sich auf Horns Rücken. Paul stand am Fenster und musste fast schon wieder weinen, weil er jetzt nicht nur um sein Pupsetier Angst hatte, sondern auch um seine beiden neuen Freunde.

»Na, denn mal Segel setzen!«, krächzte Horn und schlug mit den Flügeln. »Und jetzt Barthaare angelegt!«

»Passt auf euch auf!«, rief Paul, aber da waren die beiden Detektive schon in der Luft.

10. Kapitel

Ein grünes Meer und ein Freund der Nacht

Nickel drehte sich noch einmal um und sah den Kirchturm am Ende der Bäckerstraße in der Morgensonne leuchten. Zum Glück ermahnte Horn sie sofort, ruhig zu sitzen und ihn nicht aus dem Gleichgewicht zu bringen. Die Meerschweinchendame riss sich zusammen und blickte wieder nach vorn. Der Himmel rechts von ihnen glühte so rot, als brenne da ein ganzer Wald. Aber natürlich war das die Sonne, die ihnen zeigte, in welche Richtung sie weiterfliegen mussten: Morgens sollte sie rechts stehen, und darauf achtete Nickel genau.

Unter ihnen folgte ein Häuserblock auf den anderen, gelegentlich unterbrochen von einem Park oder einer großen Straße. Ansonsten sahen sie nur Häuser und Autos und immer mehr Menschen, die von hier oben winzig klein aussahen.

»Puuuh!«, ächzte Horn ganz außer Atem. »So viel bin ich seit meiner Kindheit nicht geflogen. Ich hoffe, es ist nicht mehr weit.«

»Paul hat gesagt, es könnte mehr als einen Tag dauern, bis wir am Meer sind.«

»Einen ganzen Tag?«, rief Horn erschrocken und verlor fast das Gleichgewicht. »Du wirst mit jedem Flügelschlag schwerer, und erst dieses Säckchen!«

»Ich bin sehr schlank«, sagte Nickel. »Und versuch nicht, mir etwas anderes einzureden.«

Horn nahm alle Kraft zusammen und schlug weiter gleichmäßig mit den Flügeln. An Aufgeben war schließlich nicht zu denken und nach und nach gewöhnte er sich an die Anstrengung.

Die Sonne ließ sie kräftig schwitzen, und endlich waren immer weniger Häuser zu sehen. Noch etwas weiter erstreckten sich nur noch grüne Wellen unter ihnen.

»Juchhe, das Meer!«, rief Nickel. »Du musst wahnsinnig schnell geflogen sein!«

»Binnenschiffer«, ächzte Horn. »Das Meer ist doch nicht grün, außer vielleicht in den völlig vergammelten Sumpfküstengewässern im Golf von Mexiko. Das hier ist hügeliges Land.«

»Stimmt«, sagte Nickel. »Erst Stadt, dann Land, dann Meer, so hat es Paul gesagt. Meinst du denn, jetzt ist Mittag?«

»Mittag ist, wenn Frau Perle zum zweiten Mal kommt und Essen kocht.«

»Wir brauchen eine Uhr«, sagte Nickel. »Wie sollen wir sonst wissen, wann die Sonne in unserem Rücken stehen muss? Daran haben wir nicht gedacht.«

»Das hättest du mit Paul besprechen müssen. Ich mache hier den Knochenjob und habe mich noch nie um die Navigation gekümmert. Also, wo lang?«

Nickel spähte unsicher nach Anhaltspunkten, die etwas über die Tageszeit aussagen konnten. Horn wurde langsam unruhig, als sie endlich ein Stück weiter links einen roten Kirchturm erblickte.

»Da! Ein Kirchturm!«, rief sie. »Lass uns auf die Uhr schauen!« Horn flog zum Kirchturm, und Nickel las an der großen Uhr ab, dass es wirklich schon

zehn Minuten nach zwölf war. Horn wollte kurz verschnaufen, ehe es weiterging, jetzt mit der Sonne im Rücken. Sie setzten sich in die Regenrinne und ließen die Beine baumeln.

»Hallo, ihr Wandersleute!«, hörten sie eine vornehme Stimme von oben. Sie sahen auf und erblickten einen Storch in seinem Nest ganz oben auf dem Kirchturmdach. »Ihr seht gar hungrig und durstig aus, weshalb ich euch raten würde, am Dorfweiher einzukehren. Das Wasser dort ist gut genießbar und die Fische sind von ausgezeichneter Qualität.«

»Oh, danke«, sagte Nickel. »Wir essen aber nur Salat.«

»Und Obst und Körner!«, krächzte Horn. »Aber ein Schluck Wasser wäre schon mal ein Anfang.«

»Nun denn, flieget geradewegs am Gasthaus vorbei und dann links, wo ihr den Weiher findet. Adieu!«

»Auf Wiedersehen!«, sagte Nickel. »Und herzlichen Dank.«

»Das sind ja mal piekfeine Leute hier«, sagte Horn.

Dann packte er Nickel und glitt vom Kirchturm zum Dorfweiher, wo sie ihren Durst stillten. Im Garten eines lang gezogenen Bauernhauses sahen sie prächtige Salatköpfe und reife Tomaten. Schnell bedienten sie sich, ehe der große schwarze Wachhund sie bemerkte, der faul in seiner Hütte schnarchte. Dann versteckten sie sich in einem Gebüsch und machten Mittagsschlaf.

Kaum waren sie wieder wach, kletterte Nickel zurück auf Horns Rücken. Nur mit Mühe schaffte er es abzuheben.

»Musstest du so viel essen?«, stöhnte er.

»Ich habe kaum gekostet«, sagte Nickel. »Du hast so reingehauen!«

»Ich muss auch fliegen, schon vergessen?«

Irgendwie gelang es Horn dann aber doch, an Höhe zu gewinnen, und dank eines auffrischenden Südwinds ließen sie das Dorf bald hinter sich. Zügig ging es voran über Wiesen und Felder. Nickel war hellauf begeistert.

»So viel Natur!«, rief sie. »Wie herrlich!«

»Du solltest mal den Dschungel sehen«, sagte Horn. »Da ist alles ganz voll von Bäumen, Blumen und Früchten und verrückten Tieren. Dagegen ist das gar nichts!«

Horn konzentrierte sich ganz auf seine Arbeit, während Nickel sich weiter umguckte, bis sie meinte, es wäre an der Zeit, Horn so zu steuern, dass sie von links von der Sonne beschienen wurden. Das Land unter ihnen wurde immer flacher. Grüne Wiesen zogen sich bis zum Horizont, als plötzlich ein Schatten die Sonne verdunkelte. Verwundert sah Nickel auf und erblickte einen riesigen braunen Vogel. Er riss seine gelben Augen weit auf und starrte Nickel an. So einen hatte sie noch nie gesehen, aber ihre Barthaare zitterten instinktiv.

»Horn«, flüsterte sie. »Über uns fliegt ein Riesenvogel.«

»Was?«, ächzte Horn mit letzter Kraft. Er drehte den Kopf, damit er nach oben gucken konnte, und zuckte dann so sehr zusammen, dass Nickel nur deshalb nicht runterfiel, weil sie damit gerechnet hatte.

»Was sollen wir nur tun?«, fragte sie.

Horn flatterte erst einmal möglichst ruhig weiter. »Ruhe bewahren«, sagte er. »Ich könnte ihm vorschlagen, dass er dich mitnimmt und mich dafür weiterfliegen lässt. Ich glaube nicht, dass Adler Papageien fressen.«

»Das wäre für mich aber nicht so nett, und Herr Locke würde gehörig mit dir schimpfen und das Pupsetier findest du alleine auch nicht«, stammelte Nickel verwirrt.

»War nur ein Scherz«, sagte Horn. »Wenn Gefahr droht, den Humor nicht verlieren, war eine von Captain Gurkennases Weisheiten. Das befreit den Geist.«

»Aber ich glaube, wir haben nicht mehr so viel Zeit!«

»Entkommen können wir ihm sowieso nicht. Keine Chance. Wir sind ein leckes Ruderboot und er ein Fünfmaster mit Dieselmotor. Wir müssen ihn überraschen und angreifen. Steckst du in der Kacke, blase zur Attacke!«

»Angreifen? Wir? Aber wie?«

»Deine Sache. Ich bin der Steuermann, du sitzt an der Kanone.«

Der kräftige Adler zog immer engere Kreise und drohte jeden Moment herabzustürzen, um sich die beiden zu greifen. Nickel zitterte und schwitzte und dachte nach. Dann erinnerte sie sich an die Blinkzeichen, die sie bei Paul vereinbart hatten. Das war ihre Kanone! Schnell nahm sie die Brille von der Nase. Weitsichtig wie sie war, konnte sie den Adler immer noch gut erkennen, und hielt die Brille so, dass sie das Sonnenlicht direkt in die Augen des Adlers lenkte. Mit den anderen beiden Pfoten krallte sie sich an Horns Rücken fest.

»Und jetzt Sturzflug in irgendein Versteck!«, rief sie.

Horn reagierte sofort, legte die Flügel an und sauste geradewegs in Richtung des nächsten Wäldchens. Nickel sah sich um. Der Adler hatte sich von der grellen Überraschung erholt und sauste ihnen hinterher.

»Schneller!«, rief Nickel. »Er holt uns ein!«

Horn antwortete nicht, so konzentriert war er darauf, das Ziel anzuvisieren.

»Wenn wir sterben, sollst du wissen, dass ich dich wirklich mag«, jammerte Nickel.

»Heilige Kokosnuss, könntest du bitte die Klappe halten!«

Nickel meinte schon, die Krallen des Adlers im Nacken zu spüren, und zitterte so sehr, dass sie sich nicht mehr festhalten konnte.

»Hilfe!«, schrie Nickel und fiel von Horns Rücken. »Hilfe!«

Um sie herum waren plötzlich lauter grüne Blätter und schlagende Äste, durch die sie hindurchsauste, und dann wurde es ganz unvermittelt nass und eiskalt. Wasser! Oh nein! Sie konnte doch nicht schwimmen! Nickel bekam keine Luft mehr und strampelte wie verrückt mit den Beinchen, um irgendwie an die Wasseroberfläche zu kommen. Gerade als sie glaubte, den Himmel durch das trübe Nass zu erkennen, spürte sie Krallen im Nacken, die sie jäh nach oben rissen. Hatte der Adler sie doch noch erwischt? Oder war Horn ihr zu Hilfe gekommen?

Kurz darauf ließen die Krallen sie los, und Nickel plumpste etwas unsanft auf den Waldboden. Sie schüttelte sich, bis die Wassertropfen aus ihrem Fell flogen, und rieb sich das Wasser aus den Augen. Vorsichtig blickte sie auf und sah weder den Adler noch Horn, sondern einen riesigen Uhu. Allerdings wirkte der etwas seltsam, zerzaust und ungepflegt mit schläfrigen großen Augen.

»Bi-bi-bitte«, stammelte sie. »Ich schmecke sicher ganz wi-wi-widerlich.«

»Darum geht es nun wirklich nicht«, sagte der Uhu. »Wobei es nicht schön ist, um diese Zeit beim Meditieren gestört zu werden.«

»Entschuldigung?«, fragte Nickel.

»Ich konnte dich ja schlecht ertrinken lassen, oder? Auch wenn es mir ganz egal ist, wie du schmeckst. Völlig egal. Darum geht es nicht.«

»Wenn Sie es sagen.«

»Egal, was ich sage. Es geht nicht darum. Und bitte, wir bleiben per Du.«

»Und worum geht es dann, du?«, fragte Nickel.

»Es geht ums Leben«, sagte der Uhu, »und darum, dass ich mich konsequent vegan ernähre. Leben retten, kein Leben zerstören. Peace! Frieden für alle, klar? Isst du etwa tierische Produkte?«

»Nein«, sagte Nickel überrascht. »Noch nie.«

»Bei mir hat es etwas gedauert, das herauszufinden. Ich bin anders erzogen worden, musst du wissen. Jetzt aber weiß ich: wer nicht gefressen oder gerupft oder gemolken werden möchte, sollte das auch anderen nicht antun. Es ist für mich als Raubvogel zwar etwas aufwendiger als für einen Pflanzenfresser, aber man hat ja sowieso viel zu viel Zeit.«

»Allerdings«, sagte Nickel, die langsam begriff, dass ihr wirklich keine Gefahr drohte.

Horn verfolgte die Unterhaltung von einem Ast aus, ohne zu verstehen, worüber genau geredet wurde. Nervös hüpfte er von einem Bein aufs andere, weil er nicht wusste, wie er Nickel retten sollte. Dieser Uhu sah zwar etwas eigenartig aus, wie er da am Ufer des Tümpels herumlief, er war aber sehr viel größer als er. Er versuchte sich an Captain Gurkennase zu erinnern. Es war eine Frage der Taktik, dachte er und hatte schon eine Idee. Er musste den Riesenvogel täuschen!

»Gleich haben wir den Uhu!«, rief er mit tiefer Männerstimme. »Den schieße ich ab und stopfe ihn aus für den Kaminsims meines Großonkels.«

Lautlos flog er zu einem anderen Baum.

»Jawohl, gleich haben wir ihn eingekreist«, rief er mit einer anderen Männerstimme.

Und flog schnell zum nächsten Baum.

»Er hat uns nicht bemerkt! Ha, ha!«, lachte er mit einer dritten Männerstimme.

Der Plan schien aufzugehen. Unsicher sah der Uhu sich um. Zum Glück erkannte Nickel mit ihren Superohren sofort, dass Horn hinter den Stimmen steckte.

»Alles ist gut!«, rief sie. »Wir sind in Sicherheit.«

Horn zögerte. Warum durchkreuzte Nickel sein geniales Manöver auf so unnötige Weise?

»Er isst kein Fleisch!«, erklärte Nickel. »Sonst hätte er mich längst gefressen.«

Endlich überwand sich Horn und glitt langsam zu Boden, wo er in sicherer Distanz landete. Der Uhu atmete auf und fand schnell zurück zu seiner ruhigen Art.

»Und du? Isst du tote Tiere?«

»Heilige Kokosnuss, pfui Teufel!«, schimpfte Horn. »Einmal als Kind musste ich kosten. Schinken war es, also aus dem Po eines Schweins geschnitten. Ich konnte zwei Wochen nicht schlafen. Widerlich!«

»Dann sei willkommen, Freund des Lebens«, sagte der Uhu. »Übrigens heiße ich Ernst.«

Auch Nickel und Horn stellten sich mit ihren Namen vor und folgten Ernst in seinen gemütlich eingerichteten, hohlen Baum, in dem sie sich vor dem Adler verstecken konnten. Im Schutz der Dunkelheit würden sie weiterreisen. Erst einmal aber machte Ernst ihnen einen Salat.

11. Kapitel

Mit mehr Schwein als Verstand ans Meer

Nach dem Essen ließ sich Nickel von Ernst in die Kunst der Meditation einführen.

»Ommmmmmmmmm«, summte der Uhu, die Flügel von sich streckend.

»Ommmmmmmmmm«, summte Nickel mit und konzentrierte sich auf ihre Mitte. Die lag Ernst zufolge praktischerweise genau hinter dem weißen Stück Fell auf ihrer Brust. Horn war so erschöpft, dass er einfach einschlief. Er träumte davon, wie er oben im Aussichtskorb der Esperanza gesessen und aufs Meer hinaus geschaut hatte. Er schmeckte im Traum die salzige Luft und fühlte den Wind durch seine Federn sausen. Immer wieder seufzte er wohlig im Schlaf, was Nickel beim Meditieren zunächst noch störte. Bald aber atmete sie ruhig ein und aus und vergaß sogar den Schrecken, den der Adler ihr eingejagt hatte. Sie würden es bestimmt auf die Insel zum Pupsetier schaffen!

Als es draußen stockfinster geworden war, weckten sie Horn, was keine leichte Aufgabe war. Immer wieder krächzte er missmutig, sie sollten ihn in Ruhe lassen.

»Verfilzt und falsch genäht, kann man denn nicht einmal in Ruhe schlafen!«, murrte er.

»Wir müssen weiter«, sagte Nickel. »Das Pupsetier braucht die Spezialbohnen.«

Erst als Ernst einen besonders saftigen Pfirsich aus seiner Vorratskammer holte, ließ sich Horn davon überzeugen, dass er aufstehen musste. Gierig hieb er seinen Schnabel in das Fruchtfleisch, dass es nur so spritzte. Dann war er so weit und wollte los. Er trat aus der Baumhöhle auf einen dicken Ast, von dem aus man gut starten konnte.

»Verfaulte Kokosnuss«, rief er verwirrt. »Meine Flügel sind völlig steif!«

»O weh! Du hast dich sicher überanstrengt«, sagte Nickel.

»Ich?«, rief er empört. »Überanstrengt von so ein paar Stunden Rumgeflatter? Da lachen ja die Fische!«

Sosehr Horn sich auch aufregte, die Flügel ließen sich nicht bewegen.

»Sieht mir ganz nach einer inneren Blockade aus«, sagte Ernst. »Du musst dich jetzt erst einmal entspannen.«

»Entspannen, pa!«, schimpfte Horn. »Segel setzen! Spring auf, Nickel, wir kriegen das schon hin.« Doch Nickel weigerte sich, weil sie beide vom Baum zu stürzen drohten.

Etwas ratlos standen sie vor der Baumhöhle

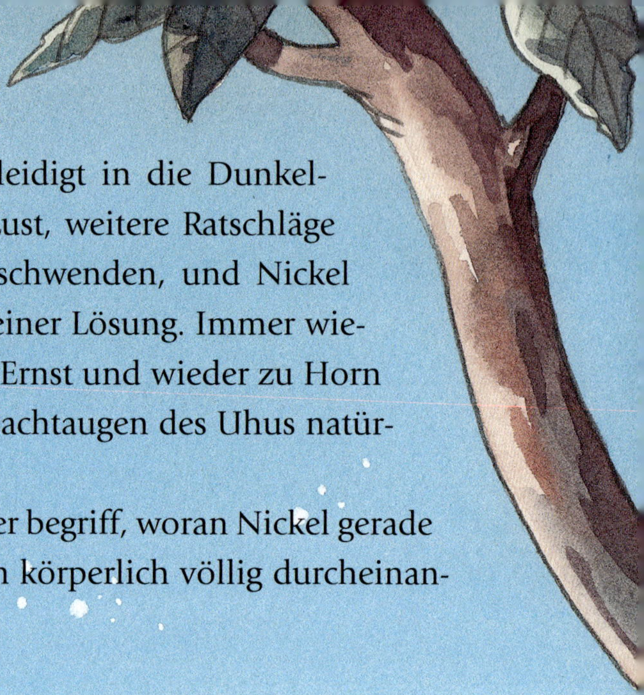

herum. Horn starrte beleidigt in die Dunkelheit, Ernst hatte keine Lust, weitere Ratschläge an diesen Rüpel zu verschwenden, und Nickel suchte verzweifelt nach einer Lösung. Immer wieder sah sie von Horn zu Ernst und wieder zu Horn und zu Ernst, was den Nachtaugen des Uhus natürlich nicht entging.

»Oh nein!«, rief er, als er begriff, woran Nickel gerade dachte. »Das würde mich körperlich völlig durcheinanderbringen.«

»Bitte«, flötete Nickel.

»Was denn?«, fragte Horn ahnungslos..

»Ich bin ein Uhu und kein Esel!«, rief Ernst empört.

»Aber Horn hat mich doch auch getragen.«

»Vielleicht war er in seinem letzten Leben ja ein Kamel oder ein Pferd.«

»Pass auf, was du sagst!«, zischte Horn.

»Jetzt streitet euch doch bitte nicht! Ohne deine Hilfe sind wir verloren, lieber Ernst!«

»Mhm«, machte Ernst und schritt auf dem Ast auf und ab. »Man kann sich nicht um jeden kümmern.«

»Aber um die, um die man sich kümmern kann, muss man sich auch kümmern!«

»Jawohl!«, rief Horn. »Glasklare Sache! Du musst uns helfen. Sonst kannst du auch gleich wieder anfangen, Meerschweinchen zu fressen.«

Kurz sah Ernst zu ihnen herüber, als zöge er das in Erwägung. Der Blick weckte Nickels Urinstinkte und ließ ihre Barthaare

kurz zittern. Dann aber lächelte der Uhu. Da hatten sie wohl noch mal Glück gehabt.

»Das hat man davon, wenn man Nagetiere aus dem Wasser zieht«, sagte er. »Aber gut, springt schon auf. In welche Richtung fliegen wir?«

»Dem Nordstern nach!«, rief Nickel überglücklich. »Der Stern, der immer heller als die anderen scheint.«

Horn legte sich flach hin und ließ Nickel aufsteigen. Dann setzte sich Ernst auf einen etwas tiefer hängenden Ast, sodass Horn auf seinen Rücken springen konnte, ohne die Flügel zu benutzen.

»Vorsicht!«, rief Ernst. »Mein Nacken ist völlig verspannt.«

»Entschuldigung«, sagte Horn.

»Schon gut«, murrte Ernst. »Und jetzt festhalten!«

Beeindruckt sahen Nickel und Horn, wie Ernst seine riesigen Schwingen ausbreitete. Mit einem Mal wirkte dieser verschrobene Kauz wie ein König. Auf und ab schlugen die Flügel und los ging es durch die Dunkelheit, bis sie den Waldrand erreichten und den Nordstern am Himmel leuchten sahen. Das Land unter ihnen lag verlassen und friedlich da. Vom Adler oder anderen großen Vögeln war zum Glück nichts zu sehen. Horn erinnerte sich an seine Zeit auf See.

»Yippiehhh!«, rief er. »Juchuuuuu! Karrrrrrrrrramba!!!«

Einige Stunden später meinte Horn, schon wieder zu träumen, weil die Luft immer salziger schmeckte.

»Schmeckst du das auch?«, fragte er Nickel.

»Mhm«, sagte sie. »Salzig, oder?«

Also war es kein Traum! Horn starrte nach vorne und ganz weit vor ihnen veränderte sich das Land. Da spiegelten sich Nordstern und Mond im Boden, und Horns Herz schlug plötzlich so wild, dass Ernst besorgt fragte, ob es ihm noch gut gehe.

»Oh, du ulkiger Uhu!«, rief Horn. »Noch gut? Von wegen! Mir geht es so gut wie seit einem halben Papageienleben nicht mehr! Meer in Sicht, Freunde! Meer in Sicht! Da vorne liegt das Meeeeeeeer!«

»Kein Grund, sich aufzuregen«, sagte Ernst.

»Heilige Kokosnuss, Ahoiiiiiiiiii!«

Auch Nickel hielt jetzt gebannt nach dem großen Wasser Ausschau, über das ihre

Urururururururururururururururururoma damals gereist war. Als Erste ihrer Art war sie deshalb Meerschweinchen genannt worden.

Ernst schlug weiter ruhig mit den Flügeln und ging ganz langsam immer tiefer, bis er schließlich auf dem Strand landete. Horns Laune war so gut, dass er plötzlich sogar wieder mit den Flügeln schlagen konnte. Ausgelassen hüpften sie im Kreis herum, verfolgten ihre Spuren im feinkörnigen Sand und bespritzten sich mit salzigem Meerwasser. Dann erinnerten sie sich daran, dass sie noch aufs Meer hinaus mussten, auf diese Insel.

»Paul hat gesagt, so weit können nur Möwen fliegen, und Albatrosse«, sagte Nickel. »Deswegen sollen wir die Fähre nehmen.«

»Die legt da hinten ab«, sagte Ernst. »Das müsst ihr jetzt alleine schaffen.«

»Klar«, sagte Nickel. »Und vielen Dank noch mal, dass du mir das Leben gerettet hast.«

»Das ist doch selbstverständlich«, sagte Ernst.

»Das sehen andere Uhus anders«, sagte Nickel.

»Genug geschnackt!«, krächzte Horn. »Wenn mich nicht alles täuscht, kommt da gerade unser Schiff!«

Und wirklich ertönte in diesem Moment dreimal das Horn einer Fähre. Schnell verabschiedeten sie sich von Ernst, der ihnen alles Gute wünschte und sich gemächlich auf den Heimflug machte. Dann kletterte Nickel auf Horns Rücken und überließ es ihm mit seiner ganzen Seepapageienerfahrung, sie sicher an Bord zu bringen.

12. Kapitel

Kein Tier als blinder Passagier

Als Nickel und Horn den Hafen erreichten, schlug die Heckklappe der Fähre gerade mit großem Bums auf die Mole. Ansonsten war nicht viel los. Eine Handvoll Autos standen im Licht der Laternen, die Fahrer machten die Motoren an und fuhren langsam in den Rumpf der Fähre hinein. Wie ein zahnloses Monster sah die Fähre aus, das zum Frühstück ein paar Autos verzehrte.

»Das stinkt hier aber sehr nach Öl!«, sagte Nickel.

»Motorschiffer!«, ächzte Horn. »Faules Gesindel! Echte Piraten segeln mit dem Wind und rudern bei Flaute! Ich schlage vor, wir suchen uns ein Plätzchen an der frischen Luft des Oberdecks.«

»Ein bisschen windgeschützt darf es schon sein«, sagte Nickel, die nach der Nacht im Freien völlig durchgefroren war.

»Aye, aye, Captain Barthaar!«, krächzte Horn und ließ sie aufsitzen.

Als er gerade losfliegen wollte, sah er die Möwen über der Fähre kreisen.

»Auch das noch«, sagte er. »Möwenpatrouille.«

»Wie bitte?«, fragte Nickel.

»Möwen hassen Papageien. Sie sind neidisch, weil sie keine Farbe abbekommen haben. Die lassen uns ganz sicher nicht aufs Schiff.«

Die beiden Detektive blieben am Boden und mussten zusehen, wie die Fähre ohne sie beladen wurde. Die Möwen machten keine Anstalten, sich von der Fähre zu entfernen. Da las Nickel die Aufschrift auf einem der Lastwagen: Bäckermeister Sauerteig.

»Schnell«, sagte sie. »Auf dem Lastwagen finden wir vielleicht eine Tarnung.«

Horn verstand nicht, was Nickel vorhatte.

»Mach schon«, sagte sie. »Du wirst gleich schon sehen.«

Also ließ er sie aufsitzen und landete kurz darauf auf der Ladefläche zwischen mehreren Mehlsäcken. Sofort machte sich Nickel daran, einen Sack anzuknabbern.

»Du frühstückst jetzt?«, krächzte er ungläubig.

»Das ist Mehl«, sagte Nickel. »Und jetzt hinein mit dir!«

Horn zögerte.

»Ich bin doch kein Schnitzel!«, rief er empört.

»Du sollst dich nur weiß machen, damit sie dich für eine Möwe halten!«

Endlich verstand Horn, was Nickel ausgeheckt hatte, die sich jetzt auch im Mehl wälzte. Er drückte den Schnabel feste zu und sprang zu ihr in den weißen Staub. Schnell waren sie beide möwenweiß.

Wieder saß Nickel auf und drückte sich platt auf Horns Rücken, der losflog und in Richtung der Möwen grüßte, als seien sie alte Bekannte. So erreichten sie das Oberdeck, das zum Glück von einigen Sturmlaternen beleuchtet war, in deren Schein Horn ein zusammengelegtes Tau entdeckte. Anscheinend wurde es nicht genutzt, weshalb er einfach in der windgeschützten Mitte landete.

Nickel machte es sich gemütlich. Horn saß oben auf dem Tau und blickte in die Ferne. Das Meer vor ihnen lag in vollkommener Dunkelheit, weil mittlerweile auch der Nordstern hinter Wolken verschwunden war.

»Klappernde Kokosnuss, das riecht mal ziemlich stark nach Sturm«, murmelte er. »Einen Erkundungsflug muss ich aber noch machen.«

Das Schiffshorn ertönte. Die mächtigen Motoren ließen das Schiff vibrieren. Horn schlug mit den Flügeln und versprach Nickel, vorsichtig zu sein.

»Ahoi, Schwester!«, rief ihm kurz darauf eine Möwe zu.

»Ahoi, Ahoi!«, rief Horn, der natürlich auch Möwisch sprach.

»Lange nicht gesehen.«

»Ja«, rief Horn. »Ich war beruflich unterwegs im Hinterland. Ganz scheußlich meerlos da. Kein bisschen Salz in der Luft und nur Flussmöwen. Aber was hört man hier denn so: Ein fremdes Tier wurde gesehen? Ein pupsendes Tier?«

»Das sind Gerüchte, Schwester! Hier herrscht Ordnung, darauf achten wir. Du solltest wissen, dass wir keine Fremdtiere auf die Insel lassen!«

»Natürlich«, sagte Horn. »Was so geredet wird, ist schon unglaublich.«

Dann drehte er schnell wieder ab und flog zurück zu Nickel, um ihr zu berichten, was er erfahren hatte.

»Wenn es so ein Gerücht gibt, ist da sicher etwas dran!«, sagte sie. »Dann ist das Pupsetier wirklich auf Langör! Wenn wir nur wüssten, wo wir suchen müssen!« Müde schwiegen sie, während die Fähre aus dem Hafen und aufs dunkle Meer hinaus glitt. Nickel schlief schließlich ein, und als die Lichter des Hafens hinter ihnen langsam verblassten, schnarchte auch Horn, überglücklich, endlich mal wieder zur See zu fahren.

Als Nickel gegen Morgen aufwachte, wusste sie schon wieder nicht, wo sie war. In der Dämmerung erkannte sie endlich das Tau, an das sie sich gekuschelt hatte. Dann sah sie auch Horn über sich stehen und erinnerte sich an alles. Horns Federn wurden vom Wind zerzaust, aber er schien trotzdem tief zu schlafen.

»Horn!«, rief Nickel. »Wach auf! Du erkältest dich noch!«

»Wie bitte was?«, krächzte er im Halbschlaf.

»Du sitzt mitten im Zug!«

»Von wegen Zug! Auf einem Schiff sind wir in einer ordentlichen steifen Brise!«

»Das bist du doch nicht mehr gewöhnt.«

Wie um Nickels Sorgen zu bestätigen, musste Horn da plötzlich niesen. Einmal und noch einmal und noch einmal. Aber er blieb dennoch oben sitzen und blickte in die jetzt sehr viel hellere Ferne. Das Meer war aufgewühlt, grau mit weißen Brechern. Von der Sonne war nichts zu sehen. Zum Glück wusste der Kapitän der Fähre auch so, wo er langfahren musste.

»HAAAATSCHI!«, nieste Horn noch einmal so doll, dass er fast vom Tau gefallen wäre.

»Blinde Passagiere auf dem Oberdeck!«, schrie da eine durchdringende Stimme. »Fremdländischer Herkunft! Papagei und Meerschweinchen! Als Möwe verkleidet!«

Was war los? Wer hatte sie entdeckt?

»Verhaften und zurück an Land!«, schrie eine andere nicht weniger unangenehme Stimme.

Jetzt erblickte Horn über sich zwei Möwen, die das Schiff eskortierten.

»Was wollen sie?«, fragte Nickel ängstlich.

»Noch eine Möwenpatrouille, beim Barte der Kokosnuss! Sie haben mich niesen gehört. Möwen haben nie Schnupfen, verdammt! Wir müssen sofort untertauchen!«

»Ich kann aber nicht schwimmen!«, rief Nickel.

»Verschwinden meinte ich, im Schiff, sofort!«

Horn packte Nickel am Nackenfell, aber die Möwen hatten schon gemerkt, dass sie fliehen wollten.

»Bleiben Sie, wo Sie sind!«, schrien sie. »Sie sind verhaftet!«

»Von wegen!«, krächzte Horn, sprang in die Höhe und erwischte mit ausgebreiteten Flügeln schon die nächste Böe, die sie direkt in ein Abluftrohr hinein blies, das zum Glück nicht vergittert war.

»Hilfe!«, rief Nickel völlig überrumpelt und klammerte sich fest an Horns Nackenfedern, während sie durch eine dunkle Röhre nach unten sausten.

»Yippieh!«, rief Horn ganz begeistert.

Dann wurde es plötzlich hell und sie landeten krachend in einem Regal voller Geschirr. Teller und Tassen gingen zu Bruch, es schepperte und depperte, aber am Ende saßen sie halbwegs lebendig auf dem Boden. Nur das rechte Glas von Horns Brille hatte einen Kratzer.

Sie sahen sich um. Anscheinend waren sie in einer Küche gelandet.

»Hallöchen«, hörten sie jemanden piepsen. Über ihnen auf dem Rand eines Waschbeckens saß eine ziemlich fein herausgeputzte Maus mit langen Wimpern und rot lackierten Krallen. »Julle, mein Name. Wenn ich euch einen Rat geben darf, solltet ihr euch als blinde Passagiere etwas unauffälliger verhalten.«

»Sag ihr, dass wir nicht blind sind«, sagte Nickel pikiert. »Wir tragen fein geschliffene Brillen.«

Nickel konnte die Maus verstehen, da Mäusisch wie auch Hamsterisch und Rattisch sehr ähnlich klingt wie Meerschweinisch.

»Schnickschnack«, sagte Horn. »Kein blinder Passagier ist blind. Wir mussten vor einer Möwenpatrouille fliehen.«

»Oh«, sagte Julle und sah Horn sehr interessiert an. »Die kontrollieren wirklich immer strenger. Aber hier finden sie euch nicht, und das Geschirr schieben wir dem Sturm in die Schuhe.«

»Jawoll«, sagte Horn. »Sehr angenehm. Da haben wir wohl Glück, hier eine so zuvorkommende Dame zu treffen.«

»Pfff«, machte Nickel. »Was redest du denn da?«

Dann erklärte Horn der Maus, warum sie überhaupt auf der Fähre waren. Nickel gefiel es gar nicht, wie gut sich Horn mit dieser Julle verstand, die ihn die ganze Zeit bewundernd anschmachtete. Immerhin hörte sie anscheinend aufmerksam zu und kratzte sich immer wieder hinter ihrem linken Ohr.

»An Land kommt ihr so einfach nicht, nachdem sie euch entdeckt haben. Die Möwen wollen keine Fremden auf der Insel.«

»Das ist doch Unsinn!«, sagte Nickel. »Wir wollen doch nur unseren Auftrag erfüllen!«

»Was sollten sie gegen uns haben?«, fragte Horn.

»Da geht es ums Prinzip«, erklärte Julle. »Nur wer von der Insel kommt, darf da auch leben. Die Möwen meinen, dass die Insel voll ist. Euer Pupsi wurde sicher heimlich eingeschleust.«

»Ja, aber dann können wir uns doch wohl auch einschleusen!«

»Wenn das so einfach wäre«, murmelte Julle.

»Einer schlauen kleinen Maus wie dir fällt sicher etwas ein«, sagte Horn und zwinkerte ihr zu.

»Meinst du?«, fragte Julle und wurde ganz rot um die Nase. »Also, eine Möglichkeit gäbe es vielleicht. Frido, der Postbote, ist mit an Bord. Der schuldet mir noch einen Gefallen, nachdem ich ihm einen Brief hinterhergetragen habe, den er verloren hat. Kommt mit, das könnte eure Rettung sein!«

13. Kapitel

Per Post nicht ganz ans Ziel

»Nee du, dann pinkelt ihr mir auf die Briefe und ich kriege Ärger mit dem Chef«, sagte Frido, der Briefträger.

Der dünne Mann mit dickem Schnurrbart stand neben seinem gelben Fahrrad, auf dessen Lenkrad Horn mit Julle saß. Horn übersetzte, was Frido und Julle sich zu sagen hatten, und sie diskutierten schon eine ganze Weile im schummrigen Licht des Unterdecks. Die Motoren der Fähre wurden spürbar gedrosselt. Bald würde sie im Inselhafen anlegen. Sie hatten keine Zeit zu verlieren!

»Versprich ihm doch, dass ihr das nicht tun werdet«, sagte Julle.

»Ja, da wär er jetzt nicht drauf gekommen!«, stänkerte Nickel, die unten am Vorderrad saß und sich ausgeschlossen fühlte.

»Was sagt die?«, fragte Julle.

»Von wegen pinkeln!«, krächzte Horn. »Mit der Einstellung wären wir niemals um Kap Horn gesegelt! Wir könnten deinem Chef ja auch erzählen, dass du Briefe verlierst, die dir dann Mäuse hinterhertragen müssen!«

Da wurde Frido ganz schön blass um die Nase und sah sich unsicher um.

»Was hast du ihm gesagt?«, fragte Julle.

»Nur, dass er dir einen Gefallen schuldet«, sagte Horn mit Unschuldsmiene.

»Du sollst dich nicht wie ein Pirat benehmen!«, schimpfte Nickel. »Das ist Erpressung! Wir sind als ehrenwerte Detektive unterwegs!«

»Jetzt lass ihn doch mal machen!«, sagte Julle.

»Also gut«, sagte Frido. »Ihr könnt hinten in die Kiste mit den eingeschweißten Werbeheften. Da wird schon nichts passieren. Aber klopft erst das Mehl aus euren Haaren!«

»Na also«, sagte Horn. »Die Sache ist geritzt, auch wenn ich keine Haare, sondern Federn habe.«

Nachdem Frido den Kasten auf seinem Gepäckträger geöffnet hatte und sie das Mehl losgeworden waren, flog Horn mit Nickel in den Krallen hoch und setzte sie vorsichtig auf die Werbehefte. Erst dann sah er, dass Julle noch immer auf der Lenkstange saß und ihn mit großen Augen ansah.

»Pardon, Madame!«, säuselte er und flatterte schnell noch einmal zurück, um die Maus auf den Schiffsboden zu setzen.

»Du schöner, starker Papagei!«

»Du süßes, kleines Mäuselchen!«

»Werden wir uns wiedersehen?«, fragte sie.

»Beeil dich!«, rief Nickel genervt aus der Kiste.

»Klar wie Quellwasser«, sagte Horn. »Wir müssen schließlich auch wieder runter von dieser Insel.«

»Ich werde auf dich warten«, seufzte Julle und klimperte mit den Wimpern.

»So muss es sein«, krächzte Horn geschmeichelt.

Dann flog er wieder hoch und landete in der Kiste, die Frido kurz darauf verschloss. Sie konnten nur hoffen, dass er sie wirklich an den Möwen vorbei auf die Insel bringen würde. Eine andere Möglichkeit hatten sie nicht.

Gemütlich war es jedenfalls nicht auf den eingeschweißten Werbeprospekten. Zum Glück drang etwas Licht durch eine Ritze unterhalb des Kistendeckels. So sahen sie immerhin, wohin sie stolperten, als dieser Briefträger wenig später von einem Schlagloch ins andere holperte. Die Straßen auf Langör schienen in einem erbärmlichen Zustand zu sein.

Von Hafengeräuschen war bald nichts mehr zu hören. Das Schreien der Möwen, die nach ihnen Ausschau hielten, wurde immer leiser. Nur der Wind pfiff weiter kräftig vor sich hin, und Frido fluchte, wenn es bergauf ging. Immer wieder musste Horn niesen. HAAA-TSCHI!

»Putz dir die Nase bloß nicht an den Heften ab«, rief Frido von draußen.

»Wenn schon, dann meinen Schnabel, du Mensch!«, krächzte Horn und putzte sich den Schnabel mit seinem linken Flügel.

»Wenn das mal gut geht«, sagte Nickel nachdenklich. »Irgendwie war diese Maus eigenartig.«

»Wieso denn eigenartig?«, fragte Horn. »Ein Superding war das.«

»Ein was, bitte sehr?«, fragte Nickel.

»Na, eine Signorita, wie man sie nicht in jedem Hafen findet«, sagte Horn.

»So redet wirklich nur ein Pirat!«, rief Nickel entrüstet.

»Und so wie du redet nur eine eifersüchtige Zicke.«

»WIE BITTE???«

»Ruhe da hinten«, unterbrach sie Frido und klopfte auf die Kiste. »Die Leute gucken schon.«

Beleidigt zog Nickel sich in eine Ecke zurück und auch Horn würdigte sie keines weiteren Blickes. So ein Unsinn! Die Maus hatte ihnen schließlich geholfen!

Sie schwiegen eine ganze Weile, und das so kurz vor der Lösung ihres ersten Falls.

»Die Zicke nehme ich zurück«, grummelte Horn schließlich.

Nickel sagte nichts.

»Und eifersüchtig bist du auch nicht. Warum denn auch? Schließlich sind wir die Detektive!«

Nickel musste grinsen.

»So schlimm war sie auch gar nicht«, sagte sie. »Und wenn alles gut ausgeht, können wir uns ja noch bei ihr bedanken.«

»Nur wenn du unbedingt willst«, sagte Horn.

»Auf jeden Fall!«, sagte Nickel.

Kaum sahen sie sich endlich wieder an, blieben sie auch schon stehen und der Kistendeckel wurde geöffnet. Vorsichtig spähte Horn nach draußen.

»Ist die Luft rein?«, fragte er.

»So sauber wie nirgends sonst auf der Welt«, sagte Frido.

»Ich meinte, ob die Möwen weg sind.«

»Siehst du Möwen?«, fragte Frido. »Ich seh keine.«

Also legte sich Horn so hin, dass Nickel aufsitzen konnte, und versuchte wild flatternd aus der Kiste rauszukommen. Vergeblich. Sie mussten Frido um Hilfe bitten.

»Allerbesten Dank«, sagte Horn zum Abschied. »Wenn du mal in die Stadt kommst und Papageien- oder Meerschweinchenhilfe brauchst, melde dich einfach bei Herrn Locke.«

»Jau, denn mal Tau!«, sagte Frido, schwang sich wieder auf sein Briefträgerfahrrad und fuhr davon.

Erst jetzt sahen sich Nickel und Horn um. Sie standen zwischen lauter kleinen Häusern mit Dächern aus Stroh. Auf einer Bank saßen zwei alte Männer mit weißen Bärten, daneben stand ein öffentliches Telefon. Wie sollten sie hier das Pupsetier finden? Horn flatterte mit den Flügeln und plusterte sich, um auch den allerletzten Rest Mehl abzuschütteln.

»Wir sollten Paul anrufen«, sagte Nickel. »Aber dazu brauchen wir Geld.«

Sie erinnerte sich bestens daran, wie Herr Locke ihnen das Telefonieren beigebracht hatte.

»Lass mich mal machen«, sagte Horn. »Mit so Seebären kenne ich mich aus.«

Ehe Nickel etwas sagen konnte, flog Horn zu den beiden alten Männern.

»Na, Männer!«, krächzte er. »Habt ihr mal 'ne Dukate für 'n alten Seeräuber?«

»So so«, sagten die beiden Alten. »Seeräuber also.«

»Jawoll, auf allen Weltmeeren mit Captain Gurkennase. Auf der Esperanza!«

Die beiden starrten ihn ungläubig an.

»Mit Captain Gurkennase.«

»Jau.«

»Der piratigste aller Piraten?«

»Genau der.«

Plötzlich rissen sie die Hände hoch.

»Bitte, tun Sie uns nichts! Wir wurden so oft von ihm ausgeraubt.«

»Natürlich nicht«, sagte Horn freundlicher. »Ich bin längst Detektiv und kein Seeräuber mehr. Hab sozusagen umgeschult. Die Seiten gewechselt. Wir sind einem Dieb auf der Spur. Hätten Sie etwas Geld für's Telefon?«

Unsicher senkten die beiden Alten ihre Arme und reichten Horn eine Münze.

»Was sind denn das für Methoden?«, beschwerte sich Nickel, als Horn wieder neben ihr gelandet war.

»Ich habe nur von früher erzählt. Das ist ja wohl auch Detektiven nicht verboten!«

14. Kapitel

Richtig falsch verbunden

Nachdem Horn sie zum Telefon geflogen hatte, fummelte Nickel den Zettel aus dem Säckchen und wählte Pauls Nummer, wobei sie sich mit drei Pfoten am Telefon festkrallen musste. Horn saß oben auf dem Apparat, den Hörer vor sich liegend. Es tutete, dann meldete sich eine Frauenstimme.

»Ja, bitte.«

Horn räusperte sich, weil er damit gar nicht gerechnet hatte.

»Verdammt, die Mutter«, flüsterte er.

»Tu so, als wärst du ein Freund von Paul.«

»Hallo?«, fragte Pauls Mutter.

»Ähm, ja, hallöchen«, piepste Horn und klang eher wie eine Maus. »Ist Paul vielleicht zu Hause.«

»Wer spricht denn da?«

»Ein Freund, ein guter Freund, ein Freund namens, äh, Horn.«

»Horn? Das ist doch kein Name.«

»Natürlich ist das ein Name! Warum soll das kein Name sein?«

»Ich kenne keinen Horn und habe auch noch nie von einem gehört.«

»Horn?«, rief Paul aus dem Hintergrund. »Ist mein Freund Horn am Telefon?«

»Dein Freund Horn?«, fragte Pauls Mutter.

»Ja, ein ... äh ... neuer ... äh Junge in meiner Klasse.«

Endlich raschelte es und Pauls Stimme klang laut und deutlich durch den Hörer.

»Horn! Endlich! Ich habe die Lösung. Drei, vier, eins, das ist eine Telefonnummer! Auf Langör sind die Telefonnummern so kurz! Geht es euch gut?«

»Bestens, natürlich, keine Frage. Da sollen wir anrufen?«

»Was redest du denn da?«, hörte Horn wieder Pauls Mutter. »Was für ein Langör denn?«

»Nichts Mama, alles klar. Das ist nur so ein Detektivspiel. Beeilt euch, bitte!«

»Wer spricht da?«, fragte jetzt die Mutter laut.

Horn legte schnell auf und sagte Nickel, was zu tun war. Zum Glück reichte ihr Geld für einen weiteren Anruf. Aufgeregt wählte sie 341. Es tutete, dann klackte es.

»Vom Möwenfels«, meldete sich eine der Stimme nach ältere Dame.

»Was?«

»Wie bitte, heißt das.«

»Was bitte?«

»Das was. Man sagt wie bitte. Und wer bitte spricht?«

»Wer bitte wie bitte was?«

»Falsch verbunden.«

»Drei, vier, eins.«

»Das allerdings ist meine Nummer. Und wer spricht?«

»Detektiv Horn. Mit wem spreche ich denn?«

»Vom Möwenfels, das sollten Sie wissen. Schließlich haben Sie bei mir angerufen.«

»Allerdings!«, krächzte Horn. »Wo wohnen Sie?«

»Also wirklich! Unverschämt!«, sagte die Dame streng.

Dann tutete es nur noch. Sie hatte aufgelegt.

»Geht es nicht etwas höflicher?«, fragte Nickel und wählte noch einmal die Nummer. Diesmal hob niemand ab.

»Von wegen wie bitte!«, schimpfte Horn.

»Hat sie einen Namen genannt?«, fragte Nickel.

»Löwenpelz oder so ähnlich«, sagte Horn. »Das haben wir gleich geklärt.«

Er flog noch einmal zu den beiden Alten, die schon wieder ganz ängstlich guckten.

»Keine Sorge, Männer, nur noch eine Frage. Wo wohnt denn die Frau Löwenpelz?«

»Löwenpelz?«, fragten sie. »Gibt es hier nicht.«

»Und etwas Ähnliches? Löwenschmelz? Möwenwälz? Klöwenhäls?«

»Es gibt nur Frau vom Möwenfels.«

»Genau! Das war's! Wo wohnt die Möwenpelz?«

»Sie heißt vom Möwenfels. Wird Captain Gurkennase sie entführen?«, fragten die beiden unsicher.

»Unsinn, verfaulte Kokosnuss!«, schimpfte Horn. »Sie hat das Pupsetier, das entführt wurde. Ich habe doch schon gesagt, dass ich für Recht und Gesetz kämpfe!«

Nachdem Horn ihnen noch achtmal versichert hatte, dass er mittlerweile zu den Guten gehörte, und sich dabei auch bemühte, möglichst höflich zu bleiben, verrieten die beiden Alten ihm endlich, wo die Frau wohnte.

Den Wegbeschreibungen der Seebären folgend, kamen Nickel und Horn zu einem kleinen weißen Haus, um das herum herrliche Sträucher blühten. Weiß und blau und pink, und alles duftete so gut, dass sie es kaum glauben konnten. In diesem

Augenblick brachen einige Sonnenstrahlen durch die Wolkendecke. Etwas weiter lag ein weißer Sandstrand, dahinter das Meer.

»Da hätte es Pupsi auch schlechter treffen können«, sagte Horn.

»Ohne ihre Spezialbohnen hat sie nicht viel davon«, sagte Nickel und eilte zur blau gestrichenen Haustür. Von einer Klingel oder einem Klopfer war nichts zu sehen, und vielleicht war es ja auch gar keine gute Idee, einfach so vorbeizukommen und das Tier zurückzufordern.

»O weh!«, seufzte Nickel, weil ihr plötzlich etwas eingefallen war.

»Was denn?«, fragte Horn.

»Ohne Geld können wir das Pupsetier doch gar nicht zurückkaufen!«

»Kleinigkeiten«, krächzte Horn und flog zu einem der Fenster, um anzuklopfen. »Erst einmal braucht Pupsi ihr Futter!«

»Aber …«, protestierte Nickel, als Horn schon mit dem Schnabel klopfte:

POCK, POCK, POCK, POCK!

Nichts rührte sich. Er drückte sein rechtes Auge an die Scheibe, um ins Haus hineinsehen zu können. Alles war hell eingerichtet. Weiße Stühle, ein weißer Tisch und ein großes weißes Sofa. Weder von einer Frau noch von dem Pupsetier war etwas zu sehen.

15. Kapitel

Es pfeift noch aus dem letzten Loch

Horn flog von Fenster zu Fenster, klopfte hier POCK, POCK, und da POCK, POCK und sogar an der einen Dachluke im Reetdach POCK, POCK. Ihm schmerzten schon Schnabel und Kopf. Doch nichts rührte sich. Nickel sauste unterdessen immer wieder ums Haus herum. Sie suchte nach einem Loch in der Wand oder einem Schloss, das sie mit ihrem Spezialbrillenbügel knacken könnte. Vergeblich! Sie kamen nicht rein in das Haus.

»Was ist denn hier los?«, hörten sie plötzlich eine Frauenstimme. Halb erschrocken, halb hoffnungsvoll sahen sie sich um. Vor dem Haus stand eine kleine Frau mit grauen Locken, die einen strahlend weißen Bademantel trug. Die Haare waren noch feucht. Anscheinend kam sie vom Schwimmen zurück. Im Meer! Bei dieser Kälte! Vor ihr mussten sie sich in Acht nehmen! Horn fackelte dennoch nicht lange, sauste rüber und landete auf ihrem Kopf.

»Rücken Sie sofort das Pupsetier heraus!«, krächzte er.

»Wie bitte? Was ist denn das für eine Art?«, rief sie entrüstet. »Runter von meinen Haaren, sofort!«

»Bitte, bleib höflich!«, piepste Nickel vom Boden aus.

»Sie halten ein geklautes Tier gefangen«, rief Horn ganz aufgeregt und hüpfte der Dame auf die Schulter.

Frau Elsegret vom Möwenfels, um die es sich zweifellos handelte, da sie jetzt einen großen Schlüssel aus der Tasche ihres Bademantels hervorholte, sah sie einen Moment lang skeptisch an.

»Sie meinen die Flatulenzia Postafricana?«, fragte sie dann. »Sie haben vorhin angerufen?«

»Pupsi heißt sie, verdammt!«, rief Horn. »Und hier im Säckchen ist ihr Futter.«

»Und das Tier ist geklaut?«

»Das klären wir später! Jetzt heißt es Leben retten!«

Endlich hatte Elsegret vom Möwenfels die Tür aufgeschlossen, woraufhin Horn ins Haus hineinsauste.

»Wo ist sie?«, krächzte er.

Die Dame zeigte auf das Sofa. Hinter einem Kissen versteckt saß Pupsi. Sie sah aus wie ein grauer vertrockneter Apfel und röchelte nur noch vor sich hin.

»Ich weiß auch nicht, was mit ihr ist«, sagte Elsegret vom Möwenfels. »Ich dachte, dass sie das Wetter nicht verträgt. Der Tierarzt wusste ebensowenig weiter. Das Tier ist ja vollkommen unbekannt.«

Horn landete direkt neben dem Sofa, sodass Nickel das rot-weiß karierte Säckchen mit ihren Krallen aufmachen konnte. Dann nahm Horn eine der Bohnen und legte sie Pupsi gleich vors Maul.

»Pass auf, dass du sie mit deinem Schnupfen nicht ansteckst!«, sagte Nickel, aber das Tierchen hatte ganz andere Probleme. Es war schon so schwach, dass es nicht mehr essen konnte.

»Warten Sie«, sagte Elsegret vom Möwenfels und lief schnell in die Küche. Kurz darauf kam sie mit einem Mörser samt Stößel zurück, einem Glas Wasser und einer Pipette. Sie nahm die Bohne und zerstieß sie zu Pulver, das sie in Wasser auflöste. Die Flüssigkeit saugte sie in die Pipette. Tropfen für Tropfen flößte sie Pupsi vorsichtig ein. Und dann geschah so etwas wie ein Wunder: Erst färbten sich die Füße des Pupsetiers zart rosa, dann die Beinchen und der Bauch. Gleichzeitig atmete es immer ruhiger und tiefer und hustete sogar zweimal. Elsegret vom Möwenfels gab ihm weiter Tropfen um Tropfen und da fing das Tierchen sogar an, an der Pipette zu saugen. Immer lauter grunzend und schmatzend leerte es Füllung um Füllung, bis sie ihm eine zweite Bohne zerstoßen und anrühren mussten. An der dritten Bohne knabberte Pupsi dann schon von alleine, ganz und gar rosa strahlend und mit leuchtenden Augen. Aber nicht nur die Farbe veränderte sich, auch die Haut glättete sich, weil das Tier immer größer und größer wurde, bis es fast so groß wie eine Honigmelone war. Elsegret vom Möwenfels lachte ganz glücklich und auch Nickel und Horn hätten am liebsten vor Freude getanzt. Da war das Pupsetier! Sie hatten es gerettet! Plötzlich hielt das Tierchen inne und sah sich um. Es rekelte sich hin und

her auf dem Sofa, als suche es eine bequemere Position, hob sein Hinterteil leicht an und ließ einen so lauten Pups fahren, wie ihn noch nicht einmal Schlappi oder Herr Locke hinbekamen, wenn Frau Perle Bohnen oder Weißkohl kochte. PFRPRF-PRPFPRPFPRPFPRPFPRPFPRPFPRPFPRPFPRPF machte es, dass die Gläser in der Vitrine wackelten. Da mussten sie alle zusammen lachen.

Das Pupsetier blieb weiter rosa, war nach diesem Pups aber wieder ziemlich faltig, weil die ganze Luft aus ihm entwichen war wie aus einem Luftballon. Es schaute trotzdem glücklich.

»N'dago schnk ka limambo n'k n'n willobau schni rmtabuli skup schnr schnr!«, sagte es.

»Was sagt es?«, fragte Nickel.

»Mhm«, machte Horn. »Diese Sprache habe selbst ich noch nie gehört.«

»Skl iumma, iumma skl. Filifilifili ouba. Schn!«, lächelte Pupsi.

»Auf jeden Fall scheint es ihm gut zu gehen«, sagte Elsegret vom Möwenfels. »Deswegen könntet ihr mir jetzt bitte erzählen, wer ihr seid und wie ihr hergefunden habt.«

»Sehr gerne«, sagte Horn, froh darüber, dass nicht weiter auf seine Unkenntnis der Pupsetiersprache eingegangen wurde. Erst einmal musste er aber wieder niesen, woraufhin Elsegret vom Möwenfels vorschlug, zum Kennenlernen einen heißen Tee zu kochen.

»Sei nett zu ihr«, flüsterte Nickel, als sie in die Küche gegangen war. »Ich bin mir sicher, dass sie nichts Böses tun wollte.«

»Absolut!«, krächzte Horn. »Diese Frau wär was für Herrn Locke!«

»Auch das sollten wir lieber später klären«, sagte Nickel.

Kurz darauf servierte Elsegret vom Möwenfels ihnen heißen Tee, frisch aufgeschnittenes Obst und einen ganzen Teller voll knackiger Salatblätter.

»Dann bin ich mal gespannt«, sagte sie.

Horn nippte vorsichtig an seinem Tee. Er machte es sich auf einer Stuhllehne bequem und erzählte die Geschichte von Anfang an, als sie nachts eine Gestalt auf dem Dach des Hauses gegenüber gesehen hatten. Horn erzählte richtig spannend, so wie er es bei den Piraten gelernt hatte.

»Sie können sich gar nicht vorstellen, was für ein Scheusal dieser Nachbar Grobian ist, der Pupsi geklaut hat! Ein Riese, sicher fünfzehn Meter groß mit Händen so breit wie Kirchentüren, Zähnen wie Litfaß-Säulen und dann auch noch diese Stimme! Selbst wenn er flüstert, zerbrechen die Scheiben der umliegenden Häuser und die Dachziegel fallen auf die Straße!«

»Du übertreibst«, sagte Nickel. »Er konnte wegen Pupsis Pupsen einfach nicht schlafen. Es hat ihm doch selbst leidgetan, dass er so überreagiert hat. Aber jetzt haben wir ja mit eigenen Ohren gehört, was für ein Donnerkrach das ist.«

»ICH ÜBERTREIBE??? Von wegen!«, rief Horn empört. »Wenn überhaupt, dann untertreibe ich, weil es sonst niemand glauben würde, dass da ein zwanzig Meter großer Riese unterm Dach wohnt! Jawohl, und du sag mir nicht, wie man eine Geschichte erzählt! Wer hat denn bitte mehr Geschichten gehört als ich?«

»Und dieser Grobian hat Pupsi dann an den Tierhändler verkauft?«, fragte Elsegret vom Möwenfels.

»Erzähl ihr von dem Brief«, sagte Nickel. »Und dass ich ihre Adresse im Computer des Händlers gefunden habe.«

»Aber doch nur weil ICH Herrn Lockes Stimme so vorzüglich imitiert habe, um diesen Grobian zu täuschen. SO war das!«

»Es ist doch ganz unerheblich, wer von euch beiden was gemacht hat«, sagte Elsegret vom Möwenfels. »Hauptsache ist, dass ihr mit den Spezialbohnen zu mir gefunden habt. Ich hatte ja keine Ahnung, was für ein Tier ich da bestellt habe. Am Telefon hat der Händler gesagt, es sei sehr selten und würde sich am Meer wohlfühlen. Ihr müsst wissen, dass ich mir vorgenommen

habe, seltene Tiere aus der Gefangenschaft zu befreien und bei mir leben zu lassen.«

»Trotzdem!«, krächzte Horn. »Dieser Grobian ist ein Riesenschurkewicht, und wir haben ihn überlistet!«

»Aber wir haben kein Geld«, sagte Nickel zerknirscht.

»Ja, Geld haben wir leider nicht dabei«, übersetzte Horn. Elsegret vom Möwenfels wollte gar kein Geld haben. Nachdem Horn auch den Rest des Abenteuers erzählt hatte, war einzig und allein wichtig, dass das Tier schnell zurück zu seinem rechtmäßigen Besitzer kam, also zu Paul.

»Wollt ihr denn nicht euren Herrn Locke anrufen, um ihm zu sagen, dass es euch gut geht?«, fragte sie.

»Auf keinen Fall!«, krächzte Horn. »Er will nichts mehr von dieser Geschichte hören! Das hat er ausdrücklich gesagt!«

Elsegret vom Möwenfels sah sie einen Moment an, als wolle sie das nicht hinnehmen. Dann hakte sie nicht weiter nach. Nickel und Horn sollten sich erst einmal richtig gut ausruhen, damit sie den Weg zurück in die Stadt auch ohne die Hilfe des Uhus schafften. Nickel legte sich zu Pupsi aufs Sofa, die schon längst eingeschlafen war, ganz erschöpft von ihrer Genesung. Horn schlief auf der Stuhllehne ein. Immer wieder wachte er auf, weil er niesen musste, aber nach einer Weile schnarchte auch er tief und fest.

16. Kapitel

Kein Urlaub ohne Bohne

Horn wachte mit einem breiten Schnabelgrinsen auf, so glücklich war er, das Meer zu riechen und zu sehen. Die Wohnzimmerfenster standen weit offen. Draußen schien die Sonne. Es war eine der herrlichen Morgenstunden, wie es sie nur am Meer gibt. Er sah sich um. Nickel und Pupsi schliefen noch auf dem Sofa. Von Elsegret vom Möwenfels keine Spur. Von seinem Schnupfen auch nicht, stellte er fest. Seeluft war doch die beste Medizin.

»Aufstehen! Alle Mann an Bord!«, rief er.

Nickel schrak auf und plumpste vom Sofa.

»Autschi, mein Po!«, rief sie.

Das Pupsetier pupste.

»N'dago kncksi«, sagte es dann.

»N'dago kncksi«, wiederholte Horn, ohne zu wissen, was das bedeuten sollte.

»N'dago kncksi«, sagte da auch Nickel. »Das heißt vermutlich guten Morgen.«

»Bist du der Papagei oder ich?«, fragte Horn.

»N'dago kncksi«, hörten sie jetzt Elsegret vom Möwenfels, die in der Terrassentür stand. »Ihr hab sicherlich einen Riesenhunger!«

Da hatte sie allerdings recht.

Sie hatte draußen auf der Terrasse für sie gedeckt. Unmengen an klein geschnittenem Obst und knackig grün glänzende Salatblätter lagen auf bunt bemalten Porzellantellern.

»Iss nicht zu viel«, sagte Horn zu Nickel. »Wir müssen gleich los.«

Davon aber wollte ihre Gastgeberin nichts wissen. Sie sollten sich noch einen Tag ausruhen und die Umgebung kennen lernen, wo sie doch schon hier waren. Aber sosehr sie auch versuchte, Horn zu überreden, die beiden Detektive blieben hart: So wie Pupsi reinhaute, würden die Spezialbohnen höchstens für einen Tag reichen. Sie mussten schnellstmöglich zum Hafen und auf die Fähre und zwar so, dass die Möwen sie nicht bemerkten. Elsegret vom Möwenfels sollte sie in ihrem Einkaufskorb auf die Fähre bringen. Sie sträubte sich, gab aber am Ende nach.

Gleich nach dem Frühstück polsterte sie den Boden des Korbs mit einem Kissen und einer kleinen Decke und setzte sie dann einen nach dem anderen hinein. Zuletzt schloss sie den Deckel. Zum Glück war der Korb so grob geflochten, dass Licht und Luft problemlos durch die Ritzen drangen. Elsegret vom Möwenfels klemmte den Korb auf den Gepäckträger ihres Fahrrads und ab ging es über die wirklich sehr holprigen Inselstraßen. Immer wieder stießen sie aneinander und Horn, der ausgiebig gefrühstückt hatte, musste sich fast übergeben.

»Untersteh dich!«, rief Nickel, als sie merkte, dass ihm übel war. »Sag ihr, dass sie langsamer fahren soll!«

Aber Horn biss den Schnabel fest zusammen und hielt so bis zum Hafen durch. Das hätte gerade noch gefehlt!

Schließlich kamen sie halbwegs unbeschadet auf die Fähre. Elsegret vom Möwenfels wollte unbedingt mit ihnen übersetzen und sich erst am Festland verabschieden. Nickel und Horn war das recht. Pupsi schlief schon wieder und ließ gelegentlich einen kleinen Pups fahren.

Kaum war die Heckklappe der Fähre geschlossen, tauchte Julle, die Maus, wieder auf.

»Du bist zurück!«, seufzte sie und sah zu Horn auf dem Fahrradlenker.

»Jawohl!«, sagte er. »Der Fall ist gelöst. Darf ich vorstellen: Elsegret vom Möwenfels, Julle von der Fähre.«

»Angenehm«, sagte Elsegret vom Möwenfels.

Julle klimperte mit ihren langen Wimpern. Natürlich wollte sie das Pupsetier unbedingt sehen, aber das wollte Nickel nicht zulassen.

»Nachher steckt sie Pupsi noch mit irgendwelchen Schiffskrankheiten an!«, sagte sie.

»Denk bloß nicht, dass ich deinen Meerschweinchendialekt nicht verstehe!«, sagte Julle. »Du bist ja nur neidisch! Weil du so moppelig bist und nicht schlank wie ich.«

»Von wegen schlank, Klappergestell!«, rief Nickel.

»Filzkugel!«

»Lederhaut!«

»Wollknäuel!«

»Knochensack!«

»Beim blubbernden Kokosmilchbrei, jetzt ist aber mal gut, ihr beiden Nagetier-Zicken!«, krächzte da Horn. »Das ist ja nicht zum Aushalten! Deswegen haben Nagetiere auf Schiffen nichts verloren!«

»WIE BITTE?«, zischte Nickel.

»WAS?«, rief Julle.

Plötzlich saßen die beiden ganz eng beieinander und funkelten Horn böse an. Elsegret vom Möwenfels verstand kein Wort, verfolgte das ganze Theater aber höchst interessiert.

»Ist ja schon gut«, lenkte Horn da ein. »Ich meine nur, dass es keinen Grund gibt, sich wegen mir zu streiten.«

»WEGEN DIR???«, riefen Nickel und Julle da wie aus einem Mund. »Du aufgeblasener Paradies-Gockel!«

Am Ende einigten sie sich darauf, dass es wirklich überhaupt keinen Grund zum Streiten gab, und Julle durfte sogar einen Blick in den Korb werfen. Sie war ganz begeistert von dem Pupsetier und wollte es am liebsten wecken, aber das ließ Nickel nicht zu. Sie hatten nicht mehr viele Spezialbohnen. Da war es sicher besser, wenn Pupsi möglichst lange schlief.

Den Rest der Überfahrt saßen sie einfach rum, wie es Horn zufolge auf Schiffen üblich war. Als die Fähre langsamer wurde, verabschiedeten sie sich von Julle, die Horn zwar noch immer ziemlich verliebt anschmachtete, sich nun aber auch mit Nickel verstand. Die störte es auch gar nicht mehr, dass diese Maus ihren Freund Horn so toll fand. Sollte sie doch!

17. Kapitel:

Ende im Gelände

Auch auf dem Festland war nichts mehr von den Wolken des Vortags zu sehen. Fahnen flatterten in einer leichten Brise, Sommerurlauber lachten im Sonnenschein. Nur die Möwen schrien wütend, als ihnen Horn aus sicherer Entfernung unter den Schnabel rieb, dass sie ihre Insel doch nicht so gut bewachten, wie sie dachten.

»Da müsst ihr schon früher aufstehen, um zwei Detektive wie uns aufzuhalten!«, krächze er.

»Das bringt jetzt doch nichts«, sagte Nickel.

»Und ob das was bringt!«, rief Horn. »Jemand muss diesen fiesen Typen mal seine Meinung sagen! Auf Nimmerwiedersehen, ihr Schneeamseln!«

Elsegret vom Möwenfels sah sich um, als suche sie jemanden. Vielleicht fürchtete sie aber auch, die Möwen könnten Nickel, Horn und das Pupsetier ins Land hinein verfolgen. Jedenfalls schien es ihr nicht so recht zu passen, dass sie gleich aufbrechen wollten. Doch das Pupsetier verlor langsam schon wieder seine Farbe. Es musste sofort zurück zu Paul und den Spezialbohnen. Deshalb bedankte sich Horn schnell in ihrer aller Namen und versprach, von zu Hause einen dieser Computerbriefe zu schreiben.

»Und ihr wollt wirklich nicht Herrn Locke anrufen?«, fragte Elsegret vom Möwenfels noch einmal.

»Auf gar und ganz keinen Fall!«, krächzte Horn. »Da hätten Schlappi und Frau Perle ja nur einen Grund, uns wieder ins Heim zu stecken!«

Er ging auf dem Sattel des Fahrrads in Startposition und bat Elsegret vom Möwenfels, ihm Nickel und Pupsi auf den Rücken zu setzen. So klein das Pupsetier auch war, wog es doch fast noch einmal so viel wie Nickel. Horn ächzte unter dem Gewicht und atmete tief durch. Dann forderte er Nickel auf, sich und das Pupsetier festzuhalten, und sprang ab. Um ein Haar stürzten sie Elsegret vom Möwenfels gleich wieder vor die Füße, als Horn gerade noch rechtzeitig den richtigen Schlagrhythmus fand und langsam an Höhe gewann. Immer größere Kreise zog er. Immer kleiner sahen sie die freundliche Dame unten winken. Zurückwinken konnten sie nicht. Horn musste flattern, Nickel hielt sich und Pupsi fest, und Pupsi wusste wahrscheinlich gar nicht, was Winken überhaupt für einen Sinn hatte.

»M'gndo, m'gndo«, murmelte es stattdessen vor sich hin.

»Vermutlich heißt das tschüss«, sagte Nickel.

»Schön wär's, wenn man eine Sprache so leicht lernen könnte«, stöhnte Horn außer Atem.

»Irgendwie muss man ja anfangen«, sagte Nickel.

Horn kämpfte sich weiter über die grünen Hügel, bis nach einer Weile vom Meer nichts mehr zu sehen war. Da sie zurück nach Hause wollten, musste die Sonne am Morgen links stehen, mittags vor ihnen und nachmittags rechts. Mit einem leichten Schauder dachte Nickel an den Adler. Da der Wind leicht auffrischte und von hinten blies, könnten sie es vielleicht heute noch bis nach Hause schaffen.

So leicht ging es aber nicht lange. Wenig später schlief Pupsi schon wieder ein und Nickel hatte Mühe, zu verhindern, dass sie zu sehr hin und her wackelte und Horn aus dem Gleichgewicht brachte. Horn war eindeutig überladen mit einem Meerschweinchen und einem schlafenden Pupsetier, aber sie hatten keine andere Wahl. Er stöhnte, ächzte, keuchte und hechelte und war so angestrengt, dass er noch nicht einmal mehr schimpfte. Das war kein gutes Zeichen, aber er biss weiter den Schnabel zusammen und flatterte und flatterte.

»N'sto, n'sto«, murmelte Pupsi im Schlaf. Nickel strich ihr über die Stirn, die gar nicht mehr so rosig glänzte. Bald würden sie landen müssen, um ihr die letzten Bohnen zu geben.

Mit aller Kraft konzentrierte Horn sich darauf, die Flughöhe zu halten. Er träumte sich auf seine Stange zu Hause und vergaß völlig, wo und mit wem er unterwegs war. Als Pupsi nach einer Weile leise pupste, war er so überrascht, dass er sich umsah und das Gleichgewicht verlor. Er geriet ins Trudeln und fand nicht die richtige Flügelstellung, um sich abzufangen.

»Hilfe!«, schrie Nickel. »Wir stürzen ab! Tu doch etwas!«

»Notlandung!«, krächzte Horn. »Notlandung!«

Sie fielen immer schneller und schneller, bis Horn seine Flügel endlich in Bremsposition brachte. Die Luft pfiff ihnen nur so um die Ohren, und da streiften sie auch schon die ersten Zweige einer großen Tanne, durch deren Äste sie hindurchsausten. Zum Glück landeten sie aber überraschend weich.

»Alles klar?«, fragte Nickel.

»Natürlich!«, ächzte Horn. »Glasklar. Wir sind ja nur abgestürzt. Mir ging es noch nie besser!«

»Entschuldige«, sagte Nickel. »Mir kribbelt's ganz doll an den Pfoten«

»Wir sind auch auf einem Ameisenhaufen gelandet«, sagte Horn.

»Ihhhhhh!«, kreischte Nickel und sprang zur Seite.

Horns rechter Flügel stand seltsam vom Körper ab. Pupsi lag neben ihm und rührte sich nicht. Nickel atmete tief durch, dann

gab sie sich einen Ruck und kletterte zurück auf den Ameisenhaufen.

»Tn'ziko miruti?«, fragte Horn und stieß Pupsi mit dem Schnabel an.

»Sprichst du die Sprache doch?«, fragte Nickel.

»Nein, das ist Vorderafrikanisch, aber vielleicht versteht sie es.«

Pupsi schlug die Augen auf und pupste leise.

»Miruti miruti«, sagte sie dann.

»Und?«, fragte Nickel.

»Gut, gut«, übersetzte Horn.

»Was ist mit deinem Flügel?«, fragte Nickel.

Erst jetzt sah Horn an sich herunter und bemerkte, dass etwas mit seinem Flügel nicht stimmte. Er versuchte, ihn zu bewegen.

»Autsch, so ein Möwendreck!«, sagte er. »Gebrochen wie damals vor Gibraltar. Da hat ihn Captain Gurkennase geschient. Mit Fliegen ist erst mal Feierabend.«

»O weh!«, rief Nickel. »Du Armer!«

»Jammern bringt uns nicht weiter«, krächzte Horn.

Um die sich lautstark beschwerenden Ameisen nicht weiter aufzuregen, kletterten sie erst einmal von dem Hügel. Während Nickel Pupsi die letzte Spezialbohne gab, überlegten sie, was sie machen sollten. Natürlich konnten sie nicht bis in die Stadt laufen, aber wer sollte ihnen jetzt helfen? Selbst ohne Pupsi wären sie in Schwierigkeiten, so aber steckten sie in einem Schlamassel, wie man es sich schlimmer kaum vorstellen konnte.

»Herr Locke hatte recht«, jammerte Nickel. »Wir hätten nie aufbrechen dürfen.«

»Ja, das bringt uns jetzt wirklich weiter!«, schimpfte Horn.

Pupsi hechelte schwach. Horn versuchte noch einmal, mit ihr zu sprechen, aber sie reagierte nicht mehr. Und das trotz der Bohnen!

»Du musst sie tragen«, sagte Horn.

»Ich?«, rief Nickel.

»Wer denn sonst?«

Horn hatte recht, sie hatten keine andere Wahl. Um Hilfe rufen sollten sie hier jedenfalls besser nicht, denn für Raubtiere waren sie ein gefundenes Fressen. Also legte Nickel sich flach auf den Bauch. Horn versuchte, Pupsi mit seinem Körper auf Nickels Rücken zu rollen, aber sie fiel immer wieder runter.

»Es hat keinen Zweck«, sagte Nickel nach dem zwölften Versuch. »Wir müssen sie abschleppen.«

Nach langem Suchen fanden sie ein Stück Rinde, das groß genug war, um ein hinterafrikanisches Pupsetier daraufzubetten. Vorsichtig hackte Horn ein Loch hinein, durch das sie ein langes Stück Schlingpflanze zogen und verknoteten. Dann band

sich Nickel das andere Ende um den Bauch. Horn rollte Pupsi auf die Rinde. Nickel zog mit aller Kraft. Horn drückte von hinten mit seinem Po. Und tatsächlich setzte sich die Bahre in Bewegung. Bis in die Stadt würden sie es nicht schaffen, aber erst einmal mussten sie raus aus diesem Wald. Wenige Schritte weiter riss die Schlingpflanzenschnur, sodass Nickel vornüber auf die Nase fiel.

»Autschi, so ein Mist«, sagte sie, rieb sich die Nase und untersuchte die gerissene Schnur.

»Taue bräuchten wir wie auf der Esperanza«, meinte Horn und sah sich um. »Schnabeldick waren die aus bestem Hanf.«

Natürlich gab es hier keine solchen Taue. Dafür meinte Horn plötzlich, eine sehr leise Stimme zu hören. Er entdeckte zwei

Ameisen zwischen den Kiefernnadeln. Ameisen hatte es auch auf der Esperanza gegeben. Ameisisch konnte er!

»Wir packen gern mit an«, sagten die beiden.

Horn konnte sich beim besten Willen nicht vorstellen, wie zwei Ameisen ihnen helfen sollten.

»Das lass mal unsere Sorge sein«, sagten sie und trommelten mit den Hinterbeinen auf den Boden. Innerhalb weniger Sekunden stürmte eine ganze Horde Ameisen herbei und verteilte sich unter Pupsis Bahre.

»Und auf!«, rief eine Ameise, und die Rinde hob sich kaum merklich. »Wohin geht denn die Reise?

Nickel saß da und staunte mit offenem Mund.

»Ja, Mast- und Schotenbruch!«, krächzte Horn. »Irgendwie erst mal raus aus diesem Wald.«

»Na, dann mal los!«, rief eine Ameise.

Die Ameisen mit dem Pupsetier entfernten sich so schnell, dass Horn und Nickel sich beeilen mussten, um den Anschluss nicht zu verlieren. Damit hatten sie wirklich nicht gerechnet.

18. Kapitel

Rettung auf vier Rädern

Der Wald endete am Rande eines Weizenfelds. Golden strahlten die Ähren, an deren Fuß die Ameisen verschnauften. Auch für sie war so ein Pupsetiertransport keine alltägliche Herausforderung.

»Und jetzt?«, fragte eine der Ameisen.

Horn wollte erkunden, was hinter dem Weizenfeld lag, doch mit dem gebrochenen Flügel war nichts zu machen. Nickel schnupperte, was auch nicht weiterhalf.

»Wir müssen in die Stadt«, sagte Horn.

»Wohin, bitte?«, fragte die Ameise.

Horn erklärte die Lage, aber die Ameisen hatten noch nie von einer Stadt gehört. Sie wussten noch nicht einmal, was ein Haus war. Nur eine sehr alte Ameise erinnerte sich daran, einmal eine Straße gesehen zu haben, als sie vor Urzeiten mit der Königin aus einem anderen Haufen hatte fliehen müssen.

»Ganz weit nach dort«, sagte sie mit brüchiger Stimme und zeigte mit einem ihrer Beine in das Weizenfeld hinein, »liegt so ein schwarzes Band, auf dem die Menschen reisen.«

Voller Bewunderung starrten die anderen Ameisen sie an. Davon hatte sie ihnen noch nie erzählt. Bei so viel Arbeit blieb für Geschichten keine Zeit.

»Davon musst du uns mehr erzählen!«, riefen einige junge Ameisen.

»Aber nicht jetzt«, sagte eine andere Ameise. »Wir müssen schnell zurück an die Arbeit, ehe die Königin unsere Abwesenheit bemerkt.«

»Immer nur Arbeit«, stöhnten die jungen Ameisen.

Sie verabschiedeten sich hastig und eilten zurück in den Wald. Ratlos blieben Nickel und Horn mit Pupsi zurück.

»Du bleibst bei Pupsi«, sagte Horn nach einer Weile. »Ich gehe Hilfe holen.«

»Du lässt mich ganz allein?«, fragte Nickel ängstlich.

»Geht in Deckung. Wir haben keine andere Wahl!«

Und schon ging Horn los. Er war es nicht gewohnt, so viel zu laufen. Schon jetzt schmerzten ihn die Krallen, doch davon musste Nickel nichts erfahren. Er winkte noch einmal mit seinem unverletzten Flügel, dann verschwand er zwischen den Weizenähren.

»O Gottogottogott«, seufzte Nickel. »Hoffentlich findet er zurück.«

»Miruti, miruti«, murmelte das Pupsetier im Schlaf.

Nickel streichelte ihm schnell über die verschwitzte Stirn. Sie hatten keine Zeit zu verlieren.

Ohne Pause schleppte sich Horn durch das Weizenfeld in die Richtung, die die alte Ameise ihnen gewiesen hatte. Schmerzlich vermisste er den kühlenden Flugwind. Ein Vogel war einfach nicht zum Laufen gemacht. Immerhin begegneten ihm keine feindselig gesonnenen Tiere, und eine Feldmaus und eine Heuschrecke bestätigten ihm, dass er auf dem richtigen Weg war. Endlich wurde das Feld lichter. Immer mehr Himmel war zu sehen, und dann lag da wirklich der schwarze Streifen aus Asphalt, die Straße! Aufgeregt hüpfte Horn die Böschung hoch. Bis hierhin hatte er es geschafft, auch wenn er nicht wusste, wie es jetzt weitergehen sollte. Immer eins nach dem anderen, erinnerte er sich an eine von Captain Gurkennasens Devisen.

Horn überlegte intensiv, welches eins dem anderen denn nun folgen sollte. Deshalb hörte er das Brummen des Lastwagens viel zu spät. Er stand mitten auf der Straße und dieser riesige Kasten kam angeschossen wie eine Rakete! Weil es zum Fliehen zu spät war, machte er sich so klein wie möglich, und schon rasten die Räder des Lastwagens rechts und links an ihm vorbei. Zum Glück ging alles schnell, und kurz darauf stand er schon wieder allein auf der Straße – völlig zerzaust und mit schmerzenden Ohren. Hastig brachte er sich am Straßenrand in Sicherheit.

In den folgenden Stunden sausten einige weitere Autos und Lastwagen an ihm vorbei, doch Horn wusste nicht, wie er sie anhalten sollte. So laut er auch krächzte, sie hörten ihn nicht. Die

Sonne sank immer tiefer und es war höchste Zeit, zu Nickel und Pupsi zurückzukehren. Vielleicht hatte Nickel ja noch eine Idee. Horn wollte sich gerade noch einmal kurz ins Gras setzen und die wunden Füße an die Luft halten, als er aus der Ferne ein seltsam bekanntes Klappern vernahm. Träumte er etwa? Hatte er einen Sonnenstich wie damals vor Madagaskar? Das Klappern wurde lauter, und als er aufstand und sich streckte, sah er ein Auto, das mit stotterndem Motor ruckelnd die Straße entlangkroch. Horn kannte das Auto, auch wenn er es kaum glauben konnte. Das war völlig unmöglich! Aufgeregt rannte er los und begann zu schreien:

»HIER! HILFE! HIER BIN ICH!«

So alte Autos gab es nur selten. Horns Herz schlug wild vor Freude, selbst als er sah, wer hinter dem Steuer saß: Frau Perle in einer knallgelben Bluse. Mürrisch starrte sie geradeaus und bemerkte ihn gar nicht. Neben ihr auf dem Beifahrersitz saß Herr Locke mit seinem Fernglas vor den Augen. Der musste ihn doch sehen!

»HIER! HERR LOCKE! HIER BIN ICH! HILFEEEE! MANN ÜBER BORD!«

Herr Locke rührte sich nicht, doch von hinten aus dem Wagen erklang ein lautes Bellen. Niemals hätte Horn es für möglich gehalten, dass er sich einmal darüber freuen würde, Schlappis Gebell zu hören.

»SCHLAPPI! HIER BIN ICH!«, rief er.

Das Auto aber knatterte scheppernd an Horn vorbei. Fassungslos stürzte er hinterher und endlich quietschten doch die Bremsen. Seltsamerweise wurden aber nicht die Vordertüren, sondern die Hintertüren geöffnet, und nicht Frau Perle und Herr Locke stiegen aus, sondern Schlappi sprang auf den Asphalt. Verwundert fragte sich Horn, wie Schlappi es geschafft hatte, die Türen zu öffnen, als auch schon auf jeder Seite jeweils

zwei Menschenbeine auf die Straße gesetzt wurden. Und plötzlich stand da Paul und neben ihm ein großer Mann in sandfarbenem Anzug mit Hut. Paul rannte sofort los und war zum Glück noch vor Schlappi bei Horn.

»Was ist denn nur mit deinem Flügel?«, rief Paul entsetzt. »Und mit deiner Brille? Und wo sind Nickel und Pupsi?«

Der große Mann mit Hut trat nun auch zu ihnen, dicht gefolgt von Frau Perle, die Herrn Locke führte. Da wurde Horn plötzlich ganz anders zumute. Er schämte sich so vor dem alten Detektiv und hatte Angst, im Heim zu landen. Herr Locke aber lächelte und bückte sich zu ihm hinunter.

»Das Pupsetier und Nickel waren zu viel Gepäck«, sagte er und sah sich um. »Da bist du abgestürzt. Sicher kommst du aus dem Wald dort drüben.«

»Woher wissen Sie das?«, fragte Paul erstaunt.

»Die Kiefernnadeln haben typische Eindrücke im Gefieder hinterlassen«, sagte Herr Locke. »So etwas sieht ein Detektiv.«

»Aber ich weiß nicht mehr, wo genau«, stöhnte Horn.

»Na los, Schlappi«, sagte Herr Locke. »Zeig ihnen mal, dass du noch schnüffeln kannst.«

19. Kapitel

Schnelle Sause ab nach Hause

Während Herr Locke und Frau Perle beim Auto warteten, stürmten Paul und der große Mann mit Hut hinter Schlappi her durch das Kornfeld. Horn saß gut geschützt in Pauls Händen und überlegte, was hier gerade passierte. Das ging doch nicht mit rechten Dingen zu!

Zum Glück bellte Schlappi ununterbrochen und sie konnten ihm problemlos folgen. Seine Nase funktionierte wirklich noch bestens: Kaum erreichten sie den Waldrand, sahen sie ihn schon vor einem Blätterhaufen sitzen und hecheln.

»Keine Angst, Nickel!«, krächzte Horn schnell. »Das ist nur Schlappi! Herr Locke ist da, um uns zu retten!«

In dem Blätterhaufen raschelte es, und kurz darauf schaute Nickel ungläubig nach draußen. Sie zitterte vor Angst, weil sie Schlappi in der Aufregung nicht erkannt hatte.

»Ist das ein Traum?«, piepste sie.

»Wo ist denn die Flatulenzia?«, fragte der große Mann mit Hut.

Aus der Innentasche seiner Jacke holte er eine kleine Kiste

hervor, die er eilig öffnete. Darin befanden sich Spritzen und Fläschchen. Er zog eine der Spritzen voll mit einer pinken Flüssigkeit.

»Wo ist Pupsi?«, fragte Horn.

»Hier unter den Blättern versteckt«, sagte Nickel und schob das Laub auseinander.

Ganz grau und schrumpelig lag Pupsi da und rührte sich nicht mehr.

»Zur Seite«, sagte der große Mann mit Hut streng und ging in die Knie.

Er hielt sein Ohr vor Pupsi Maul. »Kaum noch Atmung.«

Nickel und Horn folgten gebannt, als er Pupsi die Spritze gab. Das musste Pauls Großonkel, der berühmte Professor Doktor Doktor Grimmig sein! Pupsi war gerettet! Ganz langsam färbten sich diesmal zuerst die Ohren rosig, dann der Kopf und schließlich auch der Körper. Aber Pupsi blieb still und klein.

»Das war knapp«, sagte der Professor und nahm Pupsi in seine Hände. »Hoffentlich überlebt sie das und euer Einsatz war nicht umsonst. Ohne euch wäre sie längst gestorben.«

Verlegen sahen Nickel und Horn zu dem großen Mann auf. Das alles war selbst für zwei Detektive zu viel Aufregung. Zum Glück nahm Paul sie beide hoch und trug sie durch das Weizenfeld zurück zum Auto.

Als Paul Nickel auf Herrn Lockes Schoß setzte, brach es plötzlich aus ihr heraus und sie fing einfach an zu weinen. Sie schniefte und schluchzte und heulte, während er ihr übers Fell strich. Auch Horn, der auf Herrn Lockes Schulter saß, war sichtlich mitgenommen. Als ehemaliger Seeräuberpapagei konnte er aber nicht einfach so losflennen.

»Es tut uns so leid«, sagte Horn. »Sie wollten nichts mehr von dieser Geschichte hören, und jetzt stecken Sie uns bestimmt ins Heim. Sie hatten ja recht! Die Welt ist zu gefährlich für uns!«

»Bei meiner Lupe!«, seufzte da Herr Locke. »Jetzt wird endlich und ein für alle Mal dieses Heim vergessen, und dann fahren wir nach Hause!«

Nachdem der Professor Horns gebrochenen Flügel geschient hatte, stiegen sie alle in das Auto. Frau Perle wendete mitten auf der Landstraße. Sie selbst hielt offenbar gar nichts von diesem

Ausflug, aber Herr Locke ließ keinen Zweifel daran, wer hier das Sagen hatte.

»Wieso seid ihr überhaupt hier?«, fragte Horn, nachdem sie schon eine Weile unterwegs waren. Er saß auf Pauls Schulter, auf dessen Knien Nickel hockte.

»Frau vom Möwenfels, hat Herrn Lockes Nummer herausgefunden und ihm gesagt, dass ihr euch ganz alleine auf den Rückweg gemacht habt. Er hat dann gleich Frau Perle zu mir geschickt, und ich habe meinen Großonkel angerufen. Er wusste, dass wir keine Zeit verlieren durften, und es war klar, dass ihr so weit nicht fliegen könnt. Also musste Frau Perle das alte Auto von Herrn Locke aus der Garage holen, was ihr gar nicht recht war. Na ja, und dann sind wir losgefahren, auf gut Glück in Richtung Meer, und Herr Locke hat mit seinem Fernglas nach euch Ausschau gehalten.«

»Sag ihm, dass wir ihr gesagt haben, dass er nichts von der Geschichte hören will«, sagte Nickel zu Horn.

»Allerdings«, sagte Horn. »Wir haben ihr gesagt, dass Sie nichts davon hören wollen! Lesen vielleicht, aber sicher nicht hören!«

»Tja«, sagte Herr Locke. »Euer Brief hat mich schon etwas überrascht, aber ich muss sagen, dass mir dieser kleine Ausflug so schlecht gar nicht gefällt. Das habt ihr wirklich gut gemacht, auch wenn das bitte nicht noch mal vorkommt.«

Schlappi bellte zustimmend. Frau Perle blickte streng in den Rückspiegel.

»Zu Hause gibt es erst einmal Gemüsesuppe und Frikadellen zur Stärkung«, sagte sie, »und dann wird brav geschlafen!«

Nickel und Horn sahen sich an und mussten grinsen.

Nur Pupsi gab noch immer keinen Laut von sich. Sie lag auf einer Decke auf dem Schoß des Professors, rosig, aber noch immer zerknittert wie eine alte Zeitung. Der Professor schaute ernst, und Nickel und Horn schämten sich, dass sie sich schon so gefreut hatten.

»Kommt sie durch?«, krächzte Horn.

»Sie ist sehr schwach, aber eine Flatulenzia postafricana ist robuster, als man denkt. Ich glaube nicht, dass ihr euch Sorgen machen müsst.«

»Das wäre allerdings nicht schlecht«, sagte Horn. »Denn Sorgen hatten wir in letzter Zeit wirklich genug.«

20. Kapitel

Ein Pups zur guten Nacht

Es war schon lange dunkel, als sie in die Stadt einfuhren, aber weder Nickel noch Horn bemerkten die hell erleuchteten Straßen und blinkenden Reklametafeln. Wie Schlappi waren auch sie längst eingeschlafen. Herr Locke unterhielt sich angeregt mit dem Professor darüber, woher genau das Pupsetier stammte. Paul hörte aufmerksam zu. Wenn er so klug werden wollte, musste er noch eine Menge lesen!

Frau Perle steuerte sie zielsicher nach Hause und in die Garage hinter dem Haus. Dann nahm sie Schlappi auf den Arm, Paul setzte Nickel und Horn in Herrn Lockes Hände, der Professor schützte das Pupsetier vor der nächtlichen Kühle, indem er es unter seine Jacke steckte.

»Ahoi«, krächzte Horn müde. »In welchem Hafen sind wir denn gelandet?«

»Wir sind zu Hause«, sagte Herr Locke. »Ihr könnt ruhig weiterschlafen, außer ihr wollt Frau Perles Suppe oder Frikadellen essen.«

»Puhhh!«, ächzte Horn. »Da fliege ich lieber noch einmal auf die Insel.«

»Lieber nicht«, sagte Paul. »Ihr müsst mich morgen unbedingt besuchen.«

»Darüber reden wir dann«, sagte Herr Locke. »Jetzt sagen wir erst einmal gute Nacht.«

»Ja, gute Nacht«, sagte der Professor und lupfte seinen Hut. »Und vielen Dank für alles.«

»Nichts zu danken«, sagte Horn. »Wir hatten schließlich einen Auftrag.«

Paul und sein Großonkel überquerten die Straße und verschwanden im Haus gegenüber. Frau Perle schloss die Tür zu Herrn Lockes Haus auf, und kurz darauf waren sie schon in der Wohnung. Herr Locke setzte Horn auf seine Stange und legte Nickel vorsichtig in ihre Kiste. Wohlig wühlte sie sich tief in ihre Kuschelwatte.

Aus der Küche hörte man das Klappern der Teller. Herr Locke aß noch einen Teller Suppe, Schlappi verputzte gierig die Frikadellen. Dann verabschiedete sich

Frau Perle, und die Wohnung war ruhig bis auf das Schnarchen von Herrn Locke und Schlappi und das Ticken der Uhr.

»Du, Horn?«, piepste Nickel nach einer Weile.

»Was denn?«, fragte Horn.

Schlappi knurrte im Schlaf.

»Glaubst du, Pupsi geht es gut?«, flüsterte Nickel.

»Wir sollten rüberfliegen und nachgucken.«

»Mit deinem gebrochenen Flügel?«

»Mhm«, machte Horn. »Selbst Captain Gurkennase segelte nicht mit zerrissenen Segeln. Da müssen wir wohl abwarten, denn rudern können wir nicht durch die Luft.«

»Leider nicht«, sagte Nickel. »Aber zum Glück ist sie in guten Händen.«

»Allerdings«, sagte Horn und begutachtete seinen geschienten Flügel. »Der Mensch versteht etwas von Tieren.«

Dann schwiegen sie.

»Du, Horn?«, fragte Nickel noch einmal.

»Was denn?«

»Ich kann trotzdem nicht schlafen«, sagte Nickel. »Ich mache mir so große Sorgen. Sie war plötzlich so still.«

»Klar«, sagte Horn. »Gut ging es Pupsi nicht.«

Und wieder schwiegen sie. Unruhig wechselte Horn von einem schmerzenden Fuß auf den anderen, und Nickel fand ihre Kiste plötzlich gar nicht mehr gemütlich. Mittlerweile war nur noch das Ticken der Uhr zu hören. Sonst war es völlig still. Ganz still. Absolut still. Bis plötzlich die Scheiben in den Fenstern wackelten.

PFRRRRRRRRRRRRRRRRRRRRRRRRRRRRRR, knatterte es

unglaublich laut über die Straße, und Nickel und Horn wussten, dass es Pupsi wieder besser ging.

»Du, Horn?«, sagte Nickel erleichtert.

»Was denn?«, fragte Horn.

»Schlaf miruti.«

»Ja, schlaf du auch miruti. Bis morgen.«

»Ja, bis morgen.«

ENDE GUT, ALLES MIRUTI

Beckerhoff, Florian:
Nickel und Horn – Zwei Detektive mit Durchblick
ISBN 978 3 522 18436 6

Gesamtausstattung: Barbara Scholz
Lektorat: Natalie Tornai
Einbandtypografie: Suse Kopp
Innentypografie: Bettina Wahl
Reproduktion: HKS artmedia GmbH, Leinfelden-Echterdingen
Druck und Bindung: Livonia Print, Riga

FSC
www.fsc.org
MIX
Papier aus verantwortungsvollen Quellen
FSC® C002795

7. Auflage 2021